Du même auteur au Rouergue

Même pas en rêve - **2019, roman doado.**

L'auteur a bénéficié pour cet ouvrage d'une aide
à l'écriture de la Région Nouvelle-Aquitaine
dans le cadre du contrat de filière livre.

Illustration de couverture : **© Marta Orzel**

www.lerouergue.com

doado noir

Vivien Bessières

Gabriel·le

rouergue

chapitre 1

Que je me rappelle. Tout a commencé avec la photo, la photo de Gaby, une fille de ma classe. Ou devrais-je dire un mec ? Je n'ai jamais vraiment su, jusqu'à il y a peu. Disons que c'est ainsi qu'elle se présentait : Gaby pour Gabrielle, comme l'ange Gabriel, mais avec deux L – beaucoup mieux pour voler…

Une fille, oui, elle avait d'abord l'air d'une fille. Mais plus on la regardait, moins on était sûr. La plupart avaient des doutes, au lycée. Des rumeurs couraient derrière elle pour la mettre au pas.

Ce n'était pas juste à cause de ses cheveux coupés à la garçonne, pas juste à cause de ses épais sourcils toujours froncés, ni de ses poils aux aisselles, ni de son absence de poitrine, ni même de ses survêts et maillots de footeuse – à Laplace, il y avait une section de football féminin, un « pôle espoirs » comme ils l'appelaient, et Gaby n'échappait pas aux soupçons de lesbianisme encourus par toutes les lycéennes recrutées.

En fait, je crois qu'on doutait surtout à cause de son sourire ambigu quand quelqu'un lui posait la question.

Elle ne le prenait même pas mal. Elle était au-dessus, comme si on demandait son sexe à un ange. Elle ne démentait pas, mais elle ne confirmait pas non plus. Elle était peut-être les deux à la fois ?

Et puis, il y a eu la photo, qui a fini de semer la confusion. On l'a reçue sur Insta un samedi dans la journée. Elle venait d'un compte anonyme, créé pour l'occasion et fermé juste après, le temps de la diffuser. Dessus, Gaby avait la tête baissée et les yeux clos. Elle semblait endormie. Elle était à moitié nue, la boucle de son sac-banane détachée, survêt et slip descendus jusqu'aux genoux. Et au milieu de son pubis pendouillait…

Un pénis avec ses testicules.

Ça ne pouvait avoir eu lieu qu'à la fête de la veille, chez elle. Je reconnaissais le lit de sa chambre, là où on avait posé les manteaux en arrivant, recouvert d'une housse de couette aux motifs géométriques (des sortes de labyrinthes pseudoprécolombiens aux couleurs criardes). Sur les murs, on distinguait un grand attrape-rêves et un poster de traviole de Megan Rapinoe, une footballeuse américaine.

Ce vendredi soir, je venais de rompre avec Laure et je commençais déjà à le regretter. J'avais passé toute la fête à la surveiller de loin, espérant qu'elle vienne me voir, tout en me retenant d'y aller moi-même. Je n'avais pas fait attention à Gaby, sinon pour remarquer qu'elle faisait son mâle alpha, à boire et fumer en continu. Si elle semblait dans les vapes sur la photo, c'est qu'elle avait dû siffler toute sa bouteille de sky canadien et consommé toute sa récolte d'herbes médicinales dont seules les chamanes du Nouveau Monde ont le secret.

Sur les réseaux, dans le sillage de la photo, les commentaires transphobes (et racistes, tant qu'à faire, ou bien faussement bienveillants) ne tarissaient pas – et, pour oublier Laure, je m'en abreuvais en un cocktail pervers de fascination et de répulsion. Laplace avait enfin reçu sa livraison annuelle de chair fraîche à se mettre sous la dent.

Mais Gaby n'était pas du genre à se laisser faire et dans les fils de discussion, elle incendiait le « salaud » qui avait pris la photo. Qu'il se nomme, s'il avait des « couilles » ! Parce qu'elle ne doutait pas que ce soit un mec. Il n'y avait qu'un mec pour faire ça, qu'une graine de violeur en puissance pour lui baisser le froc, la prendre en photo – et truquer le cliché pour y ajouter une « bite » !

D'après elle, il s'agissait donc d'un montage. Rien qu'un montage. Mais moi, plus je regardais, plus je me disais que si c'était un montage, c'était bien fait – et plus je me faisais honte de la traiter comme une bête de foire.

Mais je ne suis pas intervenu. Ni dans un sens ni dans l'autre. Chacun ses problèmes, n'est-ce pas ? C'est comme ça que ça se passe, à Laplace. Peut-être même qu'au fond, ça m'allait bien que ce soit Gaby qui prenne (et pas, par exemple, moi). Je pensais que le malheur des autres, c'était la seule forme de bonheur qui me soit permise.

Je suis donc d'abord resté neutre dans l'histoire. Et je le suis resté autant que j'ai pu, jusqu'à ce que je ne puisse plus faire autrement, que je ne tienne plus le coup. Pas besoin d'être courageux pour changer les choses, il suffit de s'avouer trop faible pour les supporter.

chapitre 2

Mais ce samedi-là, j'étais encore loin du compte. La photo de Gaby était plus pour moi une distraction malsaine qu'un sujet de préoccupation. Et c'était toujours le corps de Laure que j'avais besoin de me sortir de la tête : son corps que je ne toucherais plus qu'avec les yeux (et encore, discrètement, en cachette, ou en imagination).

Mais qu'est-ce qui m'avait pris de rompre ?!

La veille, avant la fête, elle avait décliné pour la énième fois, avec tact mais fermeté, mes invitations tacito-tactiles à passer aux choses sérieuses. Pourtant, ça allait faire un mois qu'on était ensemble.

Le mieux que j'avais trouvé à faire, c'était de lui parler de rupture : ça ne marchait peut-être pas entre nous, valait peut-être mieux qu'on arrête les frais, etc. En bref, je lui faisais du chantage. Mais elle n'y avait pas cédé et s'était contentée de convenir avec moi qu'il fallait sûrement en effet qu'on en reste là.

Pendant toute la soirée chez Gaby, elle avait semblé très bien supporter la rupture. Et le lendemain, c'est moi qui ne la supportais plus.

J'ai essayé de l'appeler, mais elle n'a pas répondu, et j'ai raccroché au nez du répondeur.

J'ai attendu quelques minutes pour voir si elle rappelait. Dehors, le temps hésitait à passer de l'été à l'automne. Il atermoyait : se couvrait, s'alourdissait, prêt apparemment à éclater à la figure de Saint-Lazare, comme il l'avait déjà fait la veille, et puis, finalement, il se reprenait, se découvrait, s'allégeait sans avoir pu s'épancher. Les bords de Manche, c'était souvent comme ça : même la météo faisait des réponses de Normand.

C'est moi qui ai fini par rappeler et, retombant sur le répondeur, je me suis résolu à laisser un message : « Salut Laure… C'est Tomaz… (Oui, je m'appelle Tomaz, Tomaz Taquet – ça se prononce « Tomasse », c'est Thomas en breton, parce que mon père est de là-bas.) T'as vu pour Gaby ? C'est dingue non ! (Elles étaient copines) Sinon, je me demandais si… Je regrette pour hier je… Est-ce qu'on ne pourrait pas se remettre ensemble ? »

J'ai attendu, une heure, deux heures. Alors, je lui ai écrit un SMS : *Je me dis que je suis allé trop loin, c'est trop bête qu'on en reste là, non ?*

Pour passer le temps, m'oublier dans le malheur des autres, je suis retourné à la photo de Gaby et aux *posts* haineux ou hypocrites qui affluaient. Et s'ils tardaient à venir, je passais en mode *serial shopper* : à défaut de choper de la meuf, je shoppais de la fringue sur Internet.

Cette fois, je bloquais sur des baskets de luxe en cuir de veau, dorées par endroits, quasiment neuves, et vendues sur Vinted quatre-vingt-dix euros alors qu'elles en coûtaient normalement trois cents. Je venais de faire une offre au vendeur à soixante-dix euros. Pour ne plus avoir à attendre une réaction de Laure, j'attendais sa réaction à lui. Ça faisait écran. Le problème, c'est que si j'attendais trop, quelqu'un pouvait sauter sur l'occasion à ma place.

En fin de journée, j'ai enfin reçu un SMS de Laure. Elle m'écrivait qu'elle avait bien eu mes messages, mais qu'elle avait besoin de temps pour réfléchir. *À chaque jour suffit sa peine*, concluait-elle – elle parlait souvent comme ça par phrases toutes faites, châtiées, qui tombaient un peu à côté. Pour le coup, elle me faisait penser à ma mère. La différence, c'est que chez Laure, les expressions étaient souvent bibliques – ils étaient cathos dans sa famille. Moi, autant je comprenais qu'on croie en Dieu, autant je doutais qu'il croie en nous.

Passé la nuit (une nuit grise, ni blanche ni noire, où je n'étais toujours qu'à moitié réveillé ou endormi), j'ai traversé tout le dimanche à regarder alternativement mes baskets et mes SMS. Mais plus je regardais, plus ça sentait le roussi.

En fin d'après-midi, ni Laure ni le vendeur n'avaient donné suite. C'est à ce moment-là qu'on a sonné à la porte.

chapitre 3

C'est une voix d'ado qui a répondu à ma mère – la voix de Laure, me semblait-il ! Martha lui a dit d'entrer vite : il faisait un « temps de chien », elle allait « attraper la mort ». Je n'avais même pas réalisé que la météo avait basculé du côté obscur de la force. En fait, ma mère exagérait : la pluie était à peine visible depuis la fenêtre, c'était encore un de ces crachins hypocrites qui ne s'assument pas – un temps neutre, qui y allait avec le dos de la cuillère, sans trop se mouiller.

Avant que Laure n'arrive, je me suis précipité dans ma salle de bains. J'avais toujours des boutons blancs à l'affût, comme dans ce jeu où, quand on frappe sur un lapin, un autre surgit ailleurs. J'ai éclaté ceux du moment, je me suis mis un peu de parfum (un parfum solide, Black Sunrise, au bois de santal), j'ai défroissé mon pull noir en cachemire *oversized* (je nageais dedans, je m'y noyais, même, comme dans une nappe de pétrole) et j'ai arrangé ma crête iroquoise version allégée.

Laure gravissait désormais les marches, et c'était comme si elle me remontait le long de la colonne, faisant craquer mes vertèbres une à une. Elle a frappé, ouvert.

C'était Gaby.

– Gaby ?!

La princesse s'était transformée en crapaud. Même si Gaby n'était pas vraiment laide, ce n'était pas Laure. D'abord, elle était sapée comme un sac à puces : en l'occurrence, au-dessus de son jogging informe et de son sac-banane jaune (une grosse faute de goût – pourquoi pas un pantalon carotte orange tant qu'on y était ?), elle arborait un de ses t-shirts XL kitsch avec des loups dessus – ce n'était pas du second degré, mais un clin d'œil à ses origines amérindiennes, dont elle était si fière.

Elle nous avait déjà soûlés en histoire avec son exposé sur la communauté dite « bois-brûlée » à laquelle appartenait son père : c'est ainsi qu'on appelait les métis du Canada, moitié peaux-rouges, moitié visages pâles. Elle s'en revendiquait mais si je calculais bien, elle n'était qu'un quart peau-rouge – une Bois-Roussie, à la rigueur.

En l'examinant, je n'arrivais pas à m'ôter la photo de la tête. Involontairement, mon regard est descendu jusqu'au point en suspens – regard qu'elle a surpris en fronçant des sourcils.

Bras croisés, elle s'est avancée jusqu'à mon bureau façon Sitting Bull avant Little Bighorn. Elle avait l'air aussi contrariée que moi par cette entrevue au sommet (ou du moins au premier étage). J'attendais qu'elle s'explique, mais elle s'est contentée de décocher tout un carquois de ses yeux perçants dans ma direction – ainsi que sur le mur derrière moi, balafré de quelques-unes de mes photos.

Je faisais spécialité arts plastiques, comme elle, et la photographie était mon médium de prédilection. Dernièrement, j'étais tombé dans la forêt sur un *Clathrus archeri*, un champignon nauséabond avec des sortes de tentacules rouges mouchetés de cloques gluantes. D'après Wikipédia, on l'appelait aussi la pieuvre des bois ou les doigts du diable. Je l'avais mitraillé comme une star de film d'horreur et, dans la chambre noire du club photo, j'en avais développé quelques clichés pour égayer mon antre.

Gaby ne parlait toujours pas, comme si c'était moi qui étais venu la déranger. Elle reniflait avec méfiance – ça devait lui faire drôle, mon parfum, par rapport à la senteur musquée des vestiaires de foot. Peut-être aussi qu'elle se demandait pourquoi je m'étais oint de la sorte pour passer le dimanche chez moi dans ma chambre…

– Comment tu sais où j'habite ? je lui ai finalement demandé, puisqu'elle semblait avoir oublié ce qu'elle était venue faire là.

– J'ai déjà accompagné Laure jusque chez toi, elle a fini par répondre.

Tout n'était pas perdu : elle venait peut-être en ambassadrice, en entremetteuse ?!

– Tu viens de sa part, c'est ça ? je lui ai demandé, regonflé d'espoir.

– Non, pas du tout. Pourquoi je ferais ça ?!

– On n'est plus ensemble, je lui ai répondu, me dégonflant aussi sec. Je me disais que peut-être…

– Bien fait pour toi !

Ce n'était pas auprès de Gaby que j'allais trouver du réconfort.

– Tu es là pour quoi, alors ?

Soucieuse, elle s'est retournée vers la porte.

– Personne risque d'entendre ?

Ça m'a bien fait rire.

– *A priori*, je ne suis pas sur écoute.

Elle a soupiré, agacée par mon ironie, et m'a fait signe d'aller vérifier. J'ai ouvert ma porte et non, c'était bon, ma mère ne se tenait pas en embuscade de l'autre côté.

Rassurée, Gaby s'est exclamée, mais à voix basse :

– Je sais tout !

Pour une nouvelle, c'était une nouvelle ! Je comprenais mieux sa parano.

– Tu veux dire tous les secrets de l'univers, le sens de la vie ?!

Autant la perspective de discuter avec Gaby ne m'avait pas enchanté, autant je commençais à bien m'amuser. Mais elle, elle n'était pas décidée à plaisanter. Avec l'index, elle s'est renfoncé ses lunettes rondes à la racine du nez (un tic à elle) et, de son regard noir, hypnotique, elle a fait le point sur mes petits yeux vert-bleu sans défense, avant de lâcher :

– Je sais que c'est toi, la photo !

chapitre 4

C'était un *one-(wo)man show* du tonnerre ! Chaque réplique était à se plier en deux. Je l'ai fait répéter.

– C'est toi qui m'as agressée, avant-hier ! elle a reformulé.

C'était bien ce que j'avais compris. Dehors, il s'était arrêté de pluvioter. Dommage : un éclair zébrant le ciel aurait été du meilleur effet.

– Tu en sais plus que moi, alors !

– Ça me fait pas rire ! Ferme ta gueule ou je te défonce !

Gaby avait ceci de commun avec le Canada de ses ancêtres qu'elle se hissait rarement au-dessus du premier degré.

– Tu veux bien m'expliquer au moins ?

Elle a regardé autour d'elle et, sans me demander mon avis, s'est assise sur mon lit. Après un temps, elle a observé une seconde fois mes photos sur le mur et, posé sur le bureau, le Leica argentique que j'avais hérité de mon grand-père, puis elle a dit :

– C'est ton trip, hein, la photo ? On vise la cible avec son gros objectif et on appuie sur la gâchette pour tirer son coup. À défaut de la proie elle-même, on vole son ombre. T'as remarqué que vol et viol, c'est presque pareil – juste la bite du « i » en plus…

Je n'en revenais pas. Elle avait dû la préparer, sa tirade.

– Attends, c'est pour ça que tu m'accuses ?! C'est comme si tu suspectais un écrivain de t'avoir envoyé une lettre anonyme parce qu'il aime bien écrire. Et puis, comme tu peux le constater, je ne prends jamais d'humain en photo – que des natures mortes. Quant à ton histoire de gros objectif, tu as vu la taille du mien ?!

J'ai montré mon appareil, pourvu d'une focale standard, et puis j'ai chauffé des joues, réalisant le double sens de ma phrase.

– Désolée, j'ai aucune envie de voir ça, a fait Gaby en riant. Aussi peu impressionnant que ce soit !

– Je suis au-dessus de la moyenne, figure-toi.

Plus ça allait, plus je m'enfonçais (moi et mon objectif). Et puis, en vérité, j'étais juste dans la moyenne, à condition de bien compter à partir de la base… Bon, OK, j'étais peut-être très légèrement en dessous…

– La moyenne des statues grecques ?

– Ah, ah, ah ! C'est sûr : j'en ai une moins grosse que la tienne !

Ça la lui a coupée net. Elle n'a plus rien dit. Elle n'a pas rougi, mais pâli.

– Excuse-moi, je lui ai dit, je suis peut-être allé trop loin.

Alors, elle a retrouvé des couleurs et son langage a refleuri de plus belle :

– Va te faire foutre !

Je me suis tu. Il valait mieux.

– Si je t'accuse, elle a repris, c'est pas parce que t'aimes faire des photos.

Elle a sorti son portable de son sac-banane, y a lancé une vidéo et me l'a tendu pour que je regarde.

La qualité laissait à désirer. On n'était même pas sûr que ce soit une vidéo. Il y avait un côté dessin animé, mais en plus réaliste – et rudimentaire : pas de son, pas de couleur, pas d'arrière-plan précis. La profondeur de champ était minimale elle aussi : trop loin ou trop près, c'était flou, comme aspiré par un trou noir. On se serait cru dans un de ces films muets des premiers temps du cinéma.

On voyait quand même assez clairement ce qui se passait au premier plan. Et ce qui se passait, c'était que quelqu'un était en train de déshabiller à moitié quelqu'un d'autre : de lui enlever son sac-banane, d'abord, puis de descendre le bas de son survêt en même temps que son slip. Il les descendait et on pouvait parfois apercevoir le t-shirt de sa victime – le même que portait Gaby (apparemment, ça ne la dérangeait pas de le garder trois jours de suite).

La caméra s'attardait ensuite une seconde entre ses jambes. J'ai regardé Gaby. Elle a baissé les yeux, gênée. Mais, sur la vidéo, on ne pouvait pas discerner le sexe : à cause de la pénombre, on n'y voyait pas aussi distinctement que sur la photo, et l'angle était trop décentré, tout semblait filmé du point de vue de la victime, et Gaby (si c'était bien elle) ne s'attardait pas longtemps sur son propre corps.

Ses yeux divaguaient plutôt autour d'elle, sans point d'attache, interceptant parfois la silhouette de son agresseur – camouflé tout entier dans une parka dont la capuche était remontée et serrée si fort que seul le bout du nez dépassait, un nez tout ce qu'il y a de plus lambda, et qu'on ne voyait pas longtemps, car son propriétaire reculait rapidement en brandissant son smartphone devant lui.

Soudain, le flash se déclenchait et éblouissait toute l'image.

La vidéo s'arrêtait là, passant du blanc saturé au noir intégral.

Qu'est-ce que c'était que cette blague ? Je n'y comprenais rien, mais une chose était sûre : il n'y avait qu'une personne à Laplace à avoir une parka vert militaire aussi stylée, cirée à la main avec de la vraie graisse de phoque : je l'avais trouvée à soixante-dix pour cent pendant les dernières soldes.

Pour le reste, j'étais encore plus dans le flou que la vidéo. Est-ce que Gaby avait filmé sa propre agression ? Pourquoi aurait-elle fait ça au lieu de se défendre ? Et pourquoi tous ces effets et ces filtres ? Et puis surtout, qu'est-ce que ma parka venait faire là-dedans ? Est-ce que j'avais fait tout ça sans m'en rendre compte ? Est-ce qu'on avait mis quelque chose dans mon verre ? Normalement, c'était les agressées qu'on droguait, pas les agresseurs…

Un instant, j'ai été pris de sueurs froides, vraiment, aux aisselles et aux fesses surtout – mon t-shirt et mon caleçon faisaient buvard, je n'aimais pas du tout cette sensation. Par acquit de conscience, je suis tout de même allé vérifier sur mon iPhone que je n'étais pas l'auteur de la fameuse photo.

Mais comme je m'y attendais, il n'y avait rien à signaler de ce côté-là.

À moitié soulagé, j'en suis revenu à la première question que je me posais :

– C'est quoi, cette blague ?

– Une vidéo de mon agression, a répondu Gaby.

– Mais… c'est impossible !

Elle a haussé les épaules.

– Ne me dis pas que tu as tout filmé ! j'ai repris. Il l'aurait remarqué.

– *Tu* l'aurais remarqué, tu veux dire ?

J'étais sidéré.

– Tu veux mon doigt ?! elle a ajouté, avant que je ne puisse répondre quoi que ce soit.

Machinalement, je m'étais mis à me curer le nez. Et maîtresse Gaby m'avait pris en flagrant délit. Elle a dézippé son sac-banane pour en sortir un paquet de kleenex. Vexé, j'ai avisé ma propre boîte à mouchoirs, j'en ai tiré un pour finir le travail plus proprement et, histoire de ne pas perdre la face, j'ai ouvertement privilégié l'usage du majeur – ça faisait toujours un petit doigt d'honneur discret qu'elle n'emporterait pas au paradis. Elle a soupiré, consternée, en remettant son paquet dans son sac-banane. Et, comme on fait une concession à un gamin, elle a recouru au même doigt pour replacer à nouveau ses lunettes à la racine du nez.

Puis, repassant au fond du problème, elle a dit :

– C'était une caméra miniature.

J'ai pouffé.

– Intégrée à tes lunettes, c'est ça, James Bond ? Et pourquoi tu aurais préféré filmer plutôt que te défendre ?

– Tu admets que c'est toi, en tout cas !

– Je n'admets rien du tout.

– C'est ton manteau, non, pourtant ?

– C'est crétin : si j'avais voulu agir *incognito*, pourquoi j'aurais enfilé ma propre parka ?!

– C'est une parka de base, y en a plein qu'ont la même.

– Pas du tout. Toi-même, tu as reconnu que c'était la mienne. C'est pour ça que tu m'accuses, non ?

Elle a haussé les épaules, pas convaincue.

– Tu as tout mis en scène ! j'ai continué. Mais pourquoi ?

– T'emporte pas. Si je suis venue te voir, c'est justement parce que j'ai des doutes. Tout ce que je veux, c'est te donner l'occasion de prouver ton innocence.

– Et comment tu veux que je m'y prenne, à part en te le jurant ?

Elle a regardé précautionneusement autour d'elle et puis elle m'a répondu, en baissant encore d'un ton :

– Je vais t'expliquer.

chapitre 5

Avant de continuer, Gaby m'a fait signe de m'asseoir sur le lit à côté d'elle – elle voulait sûrement m'avoir à portée de main pour m'étrangler.

– Bon, j'avoue, elle a repris, c'était pas une caméra miniature. Je voulais juste te tester.

Alors, elle s'est mise à me raconter.

Ça remontait à trois ans, quand elle avait commencé à explorer Laplace – elle habitait au lycée, dans le logement de fonction auquel avait eu droit Guernon, sa proviseure de mère. Elle était en quatrième. Et, en l'absence des autres élèves, Laplace était son terrain de jeu, rempli de pièces à explorer, de recoins à découvrir où s'initier tranquille à la beuh (production et consommation). Elle en était aux sous-sols, aux entrailles de la bête. Elle avait à peu près tout parcouru sans la réveiller. Ne restait plus que la porte rouge.

– La porte rouge ? j'ai demandé.

– Tu vois pas ? Au bout des chiottes de la cour.

– Ce n'est pas un placard ?

– Je croyais aussi. Mais je voulais quand même vérifier, par curiosité, pour compléter ma carte au trésor.

La porte était fermée, mais elle avait dégoté le double des clés de tout le lycée dans un tiroir du bureau de sa mère. Ce n'était ni un placard, ni un cagibi, mais une grande pièce tout en béton. La « Cave », ainsi qu'elle l'appelait, était à moitié remplie de mobilier scolaire : chaises, bureaux, lits d'internat – toute une jungle qu'elle a défrichée pas à pas jusqu'au fond de la pièce, où l'attendait, tapie dans l'ombre, une grande silhouette recouverte d'un drap blanc.

Elle avait ôté le drap et le mystère s'était épaissi.

On aurait dit un fauteuil de dentiste surmonté d'une sorte de casque à permanentes en bien plus gros, épais et opaque. Et derrière le dossier, il y avait tout un matériel informatique : un ordinateur avec son écran, sa tour, son clavier. L'ensemble avait l'aspect et la blancheur des appareils médicaux qu'utilisait son père neurologue, Isha, le Bois-Brûlé, pour ses recherches.

Gaby ne lui avait jamais parlé de sa découverte, ni à lui ni à Guernon. Elle aurait dû avouer qu'elle avait piqué les clés. Et puis, sur le coup, ça ne l'avait pas intéressée plus que ça, cette machine hybride hantant les catacombes de Laplace. Elle était surtout contente d'avoir découvert un nouveau sanctuaire pour y tester ses expériences botaniques. Pas question de griller la planque pour ça !

Mais les semaines suivantes, quand elle était retournée à la Cave, c'était comme si la chose l'attendait en embuscade, prête à bondir. Qu'est-ce qu'elle faisait là, d'abord ? Pourquoi Isha l'avait-il entreposée dans la Cave ?

Gaby savait que son père travaillait avec ce genre de machines à triturer le cerveau, dans son labo du CHU de Saint-Lazare, pour étudier les traumatismes, leur base neurologique.

Il nourrissait ce projet depuis son adolescence, après avoir assisté, impuissant, à l'aggravation du syndrome de stress post-traumatique dont souffrait son père. Comme beaucoup d'autres Canadiens, ce dernier avait participé au désastre du débarquement de Dieppe, en 1942, et les nazis l'avaient déporté jusqu'à Graudenz, en Pologne, dans ce qu'on avait appelé la « forteresse de la mort lente ».

– C'est marrant, j'ai coupé Gaby, c'est exactement ma définition de la Terre !

Mais elle n'a pas trouvé ça marrant. Et son grand-père non plus n'avait pas trouvé ça marrant. De retour au Québec, il n'avait plus jamais été le même, tombant dans la polytoxicomanie jusqu'à sa mort dix ans plus tard d'une overdose.

Comme pour racheter ce destin funeste, son fils avait débarqué à son tour sur les rivages de l'Ancien Monde, dans le cadre de ses recherches. Avec les parents chercheurs d'un autre lycéen de Laplace, Louis Caron (un copain à moi), Isha avait découvert l'hormone des traumatismes. Ensemble, ils étaient parvenus à la synthétiser et l'avaient appelée spectrine. On en avait entendu parler à Laplace, l'année précédente, parce que mon pote Louis en avait volé à son père pour se venger d'un lycéen qui agressait son meilleur ami, Timéo Siniart (un copain de Laure, cette fois).

Gaby n'avait pas résisté longtemps à l'envie d'allumer l'ordinateur raccordé à la machine, comme ça, pour voir. Un mot de passe était requis, mais comme elle s'y attendait, Isha avait choisi la date de naissance de sa fille. Elle avait inspecté le disque dur comme elle avait exploré Laplace, et elle en avait appris davantage.

Interrompant son récit, Gaby a rouvert une troisième fois son sac-banane et m'a de nouveau tendu son smartphone pour me montrer une vidéo qu'elle avait trouvée dans les dossiers de l'ordinateur : un laïus introductif d'Isha pour accueillir les nouveaux participants à son projet.

Autant elle avait effectivement quelque chose d'amérindien, autant son père pas du tout : il était brun avec les yeux marron, certes, mais il avait la peau très blanche et le faciès d'un Normand pure souche. Si l'on tenait à la comparaison arboricole, c'était plutôt du petit bois sec et cassant : il était très mince, tout en os. En revanche, je comprenais mieux d'où venait l'absence de style de Gaby.

Sur la vidéo, Isha, au premier plan, était assis devant la machine et lisait ses notes sans regarder la caméra, à la manière des intellos coincés de ma classe quand ils s'entraînaient aux oraux de français. Et voici ce qu'il disait.

– Si vous regardez cette courte vidéo, c'est que vous venez d'intégrer notre équipe. Elle a pour but de vous présenter succinctement notre projet afin d'éviter les redites.

« Notre hypothèse nous a été suggérée par les travaux récents de Tootell et de son équipe qui ont montré que, quand un grand singe regarde des figures, une croix ou un carré par exemple, des neurones s'activent pour représenter visuellement cette croix ou ce carré, à l'intérieur même du cerveau.

« Théoriquement, on devait donc pouvoir regarder dans le cerveau ce que l'individu était en train de regarder au-dehors, ou même les images qui lui passaient par la tête, en particulier celles qui persistaient, ne se diluaient pas dans la mémoire à long terme : les souvenirs traumatiques ou, en d'autres termes, les spectres.

« À l'inverse des souvenirs habituels, qui s'estompent peu à peu, les spectres tournent en boucle dans le cerveau, que le sujet soit conscient ou non du traumatisme, et qu'il en ait été la victime ou l'auteur.

« Après de longues années de tâtonnements, nous avons mis au point un prototype que nous avons baptisé le "spectroscope". Pour parvenir à une exploration assez fine de ces spectres, il nous a fallu coupler deux technologies : l'IRMf, qui permet une bonne résolution spatiale, et la scanographie, qui permet une bonne résolution temporelle.

« Comme vous le savez, la première n'est pas invasive, mais la seconde utilise les rayons X. En termes de radioactivité, la dose résultante équivaut à un scanner cérébral traditionnel. Il est donc fortement conseillé de ne pas dépasser deux spectroscopies par an.

« Les applications possibles sont innombrables et inestimables, particulièrement dans le domaine de la psychiatrie, que ce soit pour mieux traiter les traumatismes, en les objectivant – ou pour faire apparaître ceux qui ont été oubliés, refoulés, dans les cas, fréquents, d'amnésie dissociative.

« Mais nous ne sommes pas à l'abri de voir le spectroscope servir à des usages plus abusifs et délétères, que ce soit en tant que détecteur de mensonges, ou pour ficher le contenu même des cerveaux, voire pour le repérage précoce de prétendus criminels en puissance. C'est la raison pour laquelle nous vous faisons signer une clause de confidentialité.

« Cela étant dit, je vous souhaite la bienvenue dans cette équipée au long cours. »

Pour conclure, Isha faisait un vague salut de capitaine de navire – j'étais gêné pour lui.

chapitre 6

– J'ai de plus en plus peur de comprendre, j'ai dit à Gaby à la fin de mon visionnage.

J'avais du mal à y croire, mais en même temps, c'était trop gros pour être faux. En guise de commentaire, elle s'est contentée de lâcher un rot. C'était une de ses spécialités, le genre à savoir déclamer tout l'alphabet ainsi. Ça m'a permis d'apprendre qu'elle avait fumé de la beuh (je m'y attendais) et mangé des choses frites, généreusement frites, ou même des frites, tout simplement, des frites avec du ketchup.

J'ai grimacé et détourné le visage.

– Et qu'est-ce qu'il faisait à la Cave, alors, ce spectroscope ? j'ai repris.

– J'ai jamais su. Et si j'en parle à mes parents, je fous tout en l'air. Mais j'ai ma petite idée. Avant ma découverte, je les ai parfois entendus s'engueuler, comme quoi mon père passait toute sa vie au labo, à ses recherches, à sa « foutue machine de merde », comme l'appelait Guernon.

– Telle mère, telle fille !

– Ma mère biologique, peut-être, mais pour le reste, je suis pas sûre... Elle m'énerve trop. Même avec moi, avec mon père, elle fait sa foutue proviseure de merde.

– C'est pour ça que tu l'appelles par son nom, comme nous ?

– Oui, Guernon, c'est Guernon, que ce soit au lycée ou à la maison. En tout cas, je me dis que c'est du spectroscope qu'ils parlaient pendant leurs disputes. Des fois, elle reprochait aussi à mon père de trop s'exposer à la radioactivité. Elle faisait encore sa proviseure !

– Elle avait peut-être raison : c'est connu pour être dangereux, non, la radioactivité ?

– Qui ne risque rien me casse les œufs, a répondu Gaby en haussant les épaules (j'allais me rendre compte qu'elle aimait bien mixer les proverbes). Si ça se trouve, c'est peut-être Guernon qui a fait disparaître la machine dans la Cave ?!

– Ce serait un peu disproportionné, non, comme réaction ?

Gaby a haussé les épaules, l'air de dire que je ne comprenais rien à rien, puis elle a poursuivi son récit.

Elle avait tout de même attendu avant d'essayer le spectroscope. Sur le disque dur, elle avait découvert d'autres documents, dont un mode d'emploi expliquant la marche à suivre, mais elle avait vite laissé tomber et vécu sa vie normale de collégienne, puis de lycéenne.

Jusqu'à ce que, la veille, soit publiée la photo, le « montage » – c'est le mot qu'elle a utilisé, encore, et je n'ai pas pu m'empêcher de lui demander si c'en était vraiment un.

Elle a croisé les bras, froncé les sourcils, mais elle avait aussi ce sourire rien qu'à elle, double, entre confirmation et dénégation.

– T'es bien placé pour le savoir, non ?

J'ai fait mon sourire à moi, neutre, presque plat, presque pas un sourire, et je lui ai rétorqué :

– Et toi, alors ? Comment t'as fait pour ne rien capter ? T'étais si arrachée que ça ?

– Tu le sais bien, elle a répondu. J'ai pris de la spectrine, à la fête. Et j'aurais pas dû.

– De la spectrine ?! Comment t'as pu t'en procurer ?!

La spectrine était une hormone synthétisée à l'effet double : d'abord, par réaction, on hallucinait pendant une bonne heure, en revivant le passé en rose bonbon, sans traumatisme ; mais ensuite, c'était la descente, et alors, la substance plantait son drapeau noir dans le cerveau pour le reste de la journée.

Gaby a pimenté son rire d'une bonne pincée de sarcasme.

– Fais pas l'innocent ! T'es pote avec Louis, tu sais très bien qu'il a un stock caché, et tu sais très bien que j'en ai pris vendredi soir, et c'est même pour ça que t'en as profité. Tu te doutais que je serais docile et que je me souviendrais de rien après !

– Je n'étais pas du tout au courant !

C'était vrai : Louis ne m'avait jamais dit qu'il avait planqué de la spectrine, peut-être parce que je n'étais pas très drogue en général.

– Mais il en distribue ? Juste comme ça ? j'ai enchaîné.

– Il en vend ! Tu le sais très bien aussi !

– Il en vend ???

– Ça lui fait de l'argent de poche. Son père est pas près de retrouver du travail.

Pour protéger son fils de ses traumas, il l'avait drogué, à son insu, au moyen d'un antagoniste de la spectrine : le spectrocide, qui étouffait les spectres pour la journée. Quand l'affaire avait éclaté, il avait perdu son boulot, sans parler du procès en attente. Quant à son épouse, ce n'est pas elle qui allait subvenir aux besoins de la famille : c'est justement sa mort qui avait traumatisé Louis.

– Mais arrête de nier, tu m'agaces ! a repris Gaby.

Et elle a poursuivi son récit. Elle se rappelait seulement s'être affalée sur son lit, avant que ne commence son hallu sous spectrine. Mais pendant ce temps, pendant qu'elle revivait son passé en rose, on barbouillait son avenir de noir.

Ça la mettait en furie d'imaginer les sales pattes de son agresseur en train de la dénuder, de la prendre en photo – et de lui faire encore d'autres choses peut-être ? Et n'y en avait-il qu'un seul ? Elle préférait ne pas savoir et, en même temps, elle ne serait jamais tranquille tant qu'elle ne saurait pas.

Ce qu'il aurait fallu, c'est en parler à Guernon, qui avait tout de même quelques moyens à disposition pour enquêter, trouver le coupable, le punir. Mais ça voulait dire devenir aux yeux des autres la fifille à sa maman, qui se réfugie dans ses jupons (quand bien même Guernon était toujours en pantalon, comme sa fille).

Non, il y avait une autre solution : la machine. C'est dans ses jupons à elle que Gaby était allée se réfugier.

Isha disait bien dans sa vidéo qu'un traumatisme, même inconscient, restait inscrit dans le cerveau, comme sur un négatif photo. Peut-être que le spectroscope pouvait l'aider à y voir plus clair ? Ses ancêtres auraient dit que c'était un signe de l'autre monde, qu'elle n'avait pas découvert cette machine par hasard.

Après avoir bien potassé le mode d'emploi et les recommandations trouvées parmi les documents de l'ordinateur, Gaby avait franchi le pas.

Et le lendemain, elle était là, chez moi, à m'accuser de l'avoir agressée, spectroscopie à l'appui…

– Ce n'est pas la photo, je me suis exclamé, c'est ta vidéo qui est un montage ! Comment tu veux que je croie à ces histoires ?

Je me doutais que ce n'en était pas, mais je ripostais pour la forme.

– Je vais te le montrer, le spectroscope, si tu veux, elle a rétorqué.

– Qu'est-ce que ça prouverait ?! Ce n'est pas moi, je te jure !

– Il n'y a qu'une façon de le savoir…

Au fur et à mesure de son récit, un mauvais pressentiment m'avait remué les entrailles comme un Alien en gestation – ça y était, je n'allais pas tarder à en accoucher.

– Qu'une seule façon, elle a répété pour ménager ses effets. En te prenant toi aussi en spectro !

« En spectro » ? Elle utilisait déjà un diminutif ! C'était déjà devenu pour elle comme un hobby sympa ! Et elle voulait me faire participer !

J'ai lentement fait non de la tête, avec tact mais fermeté (comme Laure avait fait avec moi pour calmer mes ardeurs). Elle a insisté :

– Toutes les infos que j'ai récoltées sur l'ordi vont dans le même sens : qu'on soit la victime ou le bourreau, ça donne une spectro !

– Crois ce que tu veux, je lui ai répondu. Pas question de me faire irradier juste pour t'ôter un doute !

Elle m'a demandé d'y réfléchir. C'était normal que je réagisse comme ça mais je devais me rendre compte que si je refusais, ça ne pouvait vouloir dire qu'une chose : que le coupable, c'était moi.

– Ou juste que je n'ai pas prévu de mourir d'une tumeur au cerveau ?

– Isha le dit bien : une ou deux fois par an, il n'y a pratiquement aucun risque.

– « Pratiquement » ? Surtout, il condamne l'usage que tu veux en faire – un usage répressif, policier, ni plus ni moins !

– Même mon père dit parfois des bêtises. Et puis, je veux ficher personne, juste retrouver le coupable !

Elle est repartie en refusant que je lui donne tout de suite une réponse définitive et en me faisant jurer de ne rien dire à personne – ou elle me « défoncerait » !

Décidément, elle était encore plus enragée que ce que j'avais pensé. Soit elle mythonait, soit, pire encore, tout ce qu'elle m'avait dit était vrai, et alors, j'allais devoir tout révéler à sa mère.

Machinalement, peut-être parce qu'elle m'avait cramé le cerveau avec ses histoires de spectroscope, je suis retourné voir mes chaussures, comme on rend visite à un vieil ami pour se rappeler le bon vieux temps. Mais elles avaient disparu ! Vendues au plus offrant…

J'ai passé tout le reste de la journée et une partie de la nuit à les chercher ailleurs sur Internet. En vain. Tout ça à cause de Gaby ! Je l'aurais bien étranglée, ou prise en photo toute nue : comme ça, elle ne m'accuserait plus à tort !

chapitre 7

Le lundi, je me suis réveillé en pensant aux chaussures perdues. Puis à Gaby qui en était la cause. Puis à Laure qui ne m'avait toujours pas donné sa réponse. Puis à une vague histoire de machine à explorer les traumatismes (sûrement un mauvais rêve). Puis à nouveau aux chaussures perdues.

Dehors, il faisait grand soleil, juste pour me narguer. J'ai remisé ma parka au placard (celle-là, je ne voulais plus la voir, de toute façon), et à la place j'ai ressorti mes lunettes noires – des Persol pliables aux montures écailles de tortue, les mêmes que celles de Steve McQueen. Ça me permettait aussi de cacher les cernes que j'avais par la faute de toutes ces filles.

Ce matin-là, je me suis rendu au lycée à reculons, comme on approche d'une cocotte-minute en surchauffe.

En arrivant dans la cour, j'ai essayé de ne pas regarder dans la direction des toilettes souterraines, là où était censé reposer le spectroscope. Mais j'en revenais toujours à l'escalier qui descendait dans l'ombre, aux deux arbres qui gardaient l'entrée comme des cerbères assoupis : un érable sycomore à la blancheur d'ivoire et un ginkgo biloba aux deux troncs granuleux comme deux cornes.

Le matin, Laure, Gaby et moi, on avait SVT. Pendant le cours, presque tous les élèves se retournaient à un moment ou un autre vers Gaby en ricanant ou, pire, en s'apitoyant sur son sort tout en jetant des regards indiscrets à son entrejambe. Elle accueillait leurs œillades d'un doigt d'honneur qu'elle avait appris, grâce à moi, à travestir en tic pour se remonter les lunettes (histoire de passer inaperçue de la prof).

Comme je pouvais m'y attendre, elle n'avait pas parlé de la photo à sa mère. Il n'y avait pas eu d'enquête. Même pas de discours sur « le cyberharcèlement, c'est pas bien » – alors que d'habitude, Guernon ne se faisait pas prier pour prêcher la bonne parole de classe en classe. Mais Gaby n'était pas du genre à lui pleurnicher dans les bras. On s'en doutait. Et le coupable avait dû s'en douter lui aussi, en osant faire ce qu'il avait fait.

Tout d'un coup, Andreas a levé le doigt. Avec sa dégaine de skinhead embourgeoisé (bomber de marque et crâne rasé mais pas à blanc), il était de ceux qui se moquent d'être haïs. Il me fascinait car, pour ma part, il y avait toujours quelque chose qui me retenait de dire tout haut la saloperie que j'osais à peine penser tout bas.

La prof lui a donné la parole. Elle semblait surprise, et inquiète – il ne participait jamais en classe, si ce n'est pour jouer la montre.

– M'dame, il a dit de ses grosses lèvres rebondies, je voulais vous demander : si on a une bite, c'est bien qu'on est d'identité masculine, pas vrai ?

La question n'avait rien à voir avec le sujet du cours. La moitié de la classe a pouffé (surtout les mecs). L'autre moitié a condamné l'intervention de diverses manières (surtout les filles). Et moi, je suis resté neutre.

Décontenancée, tout en lui reprochant sa grossièreté, la prof a dit que oui, *a priori*. C'était une ancienne, proche de la retraite, pas trop au courant des dernières avancées en la matière. Sans se démonter, Gaby a pris la parole pour la contredire :

– Sauf votre respect, c'est plus compliqué, madame. Il y en a qui ont un pénis, des organes génitaux masculins, mais des chromosomes XX. Ou le contraire : une vulve et des chromosomes XY. Il y en a même qui ont XXY, ou d'autres combinaisons diverses. Les intersexes, c'est presque 2 % de la population, comme les roux. Et je compte pas ceux qui changent volontairement. Ni les têtes de con, pardon de bite, comme Andreas !

La prof a cligné des yeux, bouche bée. Elle était dépassée, elle en était restée à la base : XX = femme, XY = homme. Quant à Andreas, il s'est rabattu sur un sujet qu'il maîtrisait mieux :

– Et sinon, m'dame, c'est normal que Gaby sente pas pareil que nous ? Ça change, non, selon la race ? J'veux dire, la couleur de peau.

Ses rares partisans souriaient avec lui, mais la plupart des autres n'adhéraient plus du tout. La prof a elle-même changé de couleur de peau – et peut-être aussi d'odeur, à en juger par la sueur qui lui perlait sur le visage.

– Vous viendrez me voir à la fin de l'heure, Andreas ! Ce sont des propos racistes, intolérables dans l'enceinte du lycée – et même partout ailleurs, soit dit en passant !

– Si je peux me permettre, madame, a repris Gaby, Andreas n'a pas entièrement tort : la couleur de peau est un caractère secondaire, au même titre que l'odeur, c'est-à-dire que si nous constituons une seule et même race, dotée d'un cerveau identique, il y a quand même des différences superficielles, et il est vrai qu'en moyenne, on a des chances de sentir un peu différemment selon notre couleur de peau. Par exemple, les noirs trouvent souvent que les blancs puent le cadavre, et c'est vrai que d'après mon expérience, il se dégage parfois d'eux comme une odeur de rance – notamment chez Andreas.

On était partagés entre le rire et la stupéfaction. Andreas et la prof étaient bouche bée. Ce que disait Gaby n'avait rien à voir avec la soupe qu'on nous servait en « enseignement moral et civique », mais ce n'était pas non plus du racisme. Ça me plaisait davantage que les saillies trop facilement haineuses d'Andreas.

À la sortie du cours, il y a eu une baston entre Gaby et lui. Je m'en suis tenu à l'écart. Par-dessus l'attroupement qui les entourait, j'ai juste entendu la première presser le second d'avouer que c'était lui, le « salaud » qui l'avait agressée vendredi – elle allait le « défoncer » !

Guernon était le type de proviseure à avoir des yeux partout – un superpouvoir qui pouvait expliquer la paranoïa de Gaby. En tout cas, ça n'a pas manqué : ils n'avaient pas commencé à se battre depuis deux minutes qu'elle intervenait déjà pour les séparer.

Avec sa queue-de-cheval tirée à quatre épingles, sa chemise de bûcheron, son jean et ses bottes de style santiags, on aurait dit un shérif interrompant un règlement de comptes entre un chercheur d'or patibulaire (Andreas) et une jeune squaw fière et ombrageuse (ou son frère, fils du grand chef de la tribu ?). Elle était athlétique comme Gaby, mais plus classe qu'elle (et que son mari). Et si mère et fille fronçaient pareillement les sourcils, ceux de Guernon, encore plus épais et circonflexes, se rejoignaient au milieu telles les ailes du faucon pèlerin fondant sur sa proie.

Vu l'œil au beurre noir d'Andreas et la légère griffure à la joue de Gaby, la gagnante ne faisait aucun doute. Mais elle n'en avait pas fini de se battre, avec les larmes qui menaçaient de couler, cette fois-ci. Elle s'est défaite violemment de la prise de sa mère, qui essayait en vain d'en savoir plus, et s'est ruée vers les toilettes – car les hommes et Gaby se cachent pour pleurer.

Celle qui a ostensiblement éclaté à chaudes larmes, en revanche, c'était Laure. Dès que son amie est remontée, elle s'est précipitée vers elle pour la réconforter. Mais à voir comme Gaby l'entourait de ses bras, on aurait plutôt dit l'inverse.

Moi, j'étais jaloux. J'aurais été prêt à faire circuler toutes les photos de moi les plus honteuses pour avoir le droit de réconforter Laure dans le creux de mes bras (même si j'avais plus de creux que de bras à offrir) – Laure et ses épaisses boucles rousses que je ne pourrais plus jamais tire-bouchonner autour de mes doigts, sa peau et son odeur de pêche, ou encore, depuis la tempe jusqu'à la mâchoire gauche, sa longue balafre en voie de cicatrisation, qu'elle s'était faite un mois plus tôt à cause d'une chute en scooter, et qui la rendait encore plus attirante.

Mais tout n'était peut-être pas perdu ? En les voyant toutes les deux dans les bras l'une de l'autre, j'ai eu une idée qui pouvait me sauver la mise, avec un petit coup de pouce de la chance et de Gaby.

chapitre 8

Je me suis donné la journée pour bien y réfléchir et, à la fin des cours, je suis allé voir Gaby pour lui demander s'il y avait un endroit où on pouvait discuter tranquilles.

À ce moment-là, Andreas, qui passait devant nous, a gueulé à la cantonade :

– Au fait, Gaby, c'est vrai que les mecs de couleur en ont une plus grosse que les blancs ?

– Plus grosse que la tienne, ça, c'est sûr !

– On compare ?

Elle lui a fait un doigt d'honneur et il est parti en rigolant grassement. Avec son œil poché, il avait la honte, il s'agissait de ne pas perdre la face, ou ce qu'il en restait.

Essuyant ses yeux humides d'un revers de main, Gaby m'a fait signe de la suivre. Sa griffure de guerre ne se voyait déjà presque plus – moi, il suffisait que je me cogne doucement à n'importe quoi, sans même m'en rendre compte, pour que ma peau se marbre de grands feux d'artifice psychédéliques (je ne les avais jamais pris en photo, mais c'était une idée).

Vu du ciel, le bâtiment ancien du lycée faisait comme un petit T que jouxtait sur la gauche le grand L du bâtiment moderne. Au-dessus du tout, bordant la cour par le haut, trônait le logement des Guernon.

On a traversé la cour et, deux minutes plus tard, je me retrouvais dans la chambre de Gaby, entouré de l'attrape-rêves, de son poster de foot et de beaucoup d'autres choses. On s'est assis sur le rebord de son lit.

Avant que je me lance, elle a sorti un gros paquet de friandises de son sac-banane. Décidément, il semblait beaucoup plus grand à l'intérieur qu'à l'extérieur – elle avait dû copier le sortilège d'extension d'Hermione Granger. Les friandises, c'étaient des oursons en chocolat (avec la guimauve à l'intérieur). J'ai décliné en faisant la moue.

– Tu manges vraiment ces cochonneries ? Ce n'est pas très recommandé pour le sport de haut niveau, si ?

Sans me répondre, elle en a enfoncé un dans sa bouche avec son majeur. Puis elle a émis un rot sonore, senteur beuh-cacao-marshmallow, et elle a attendu les bras croisés que je me mette à parler. Alors, j'ai commencé, les yeux au sol pour ne pas croiser son regard :

– J'ai réfléchi à ta demande. Et je me suis dit que… J'ai un marché à te proposer… Comme tu es copine avec Laure, j'ai pensé que tu pourrais peut-être… Enfin, tu vois…

– Non, je vois pas.

Apparemment, j'allais devoir mettre les points sur les i (des points en forme de petits cœurs, comme faisaient les filles les plus nunuches de la classe).

– Si je fais ce que tu m'as demandé, est-ce que tu pourras parler à Laure ? Lui dire deux mots en ma faveur, la... motiver ? Parce que, tu sais, je lui ai proposé de ressortir avec moi, et j'attends sa réponse, et...

– Oh non, merde, t'es dégueulasse ! elle m'a soudain coupé.

J'avais les joues qui chauffaient – je ne pensais pas qu'elle allait réagir aussi violemment. Et puis, à son regard insistant, j'ai compris : j'avais un doigt fourré dans une narine... Elle a ressorti ses mouchoirs de son sac-banane pour me les lancer à la figure. Heureusement, cette fois, j'avais ma riposte toute prête :

– Toi, c'est pas mieux : tu rotes tout le temps.

– C'est beaucoup moins dégueu. Et c'est pas bon pour le transit, de se retenir. Et je fais pas ça en loucedé.

– Oui mais quand même, dans la bouche d'une fille... j'ai enchaîné en lui renvoyant son paquet. C'est comme tous tes gros mots !

– Tu sais ce qu'ils te disent, mes gros mots ?

– « J't'emmerde » ? « Va te faire foutre » ?

– Exactement. Du moment qu'il y a pas « con » et « putain » dedans.

– Bon, et tu me réponds, sinon, pour Laura ?

– C'est pas un marché que tu me proposes. C'est un pacte avec le diable. Au cas où tu serais pas au courant, ça se commande pas, l'amour. Et puis, on passe pas nos journées à parler de toi. Ça, c'est les mecs !

J'en étais à me faire une raison quand elle a repris :

– Mais je pourrais peut-être lui dire deux mots et essayer de la « motiver », comme tu dis : plaider ta cause, même si ça va bien m'arracher la gueule. Et sans rien te promettre.

J'ai repris du poil de la bête.

– Et à une condition, elle a ajouté. Je te prends d'abord en spectro. Pas question de t'arranger le coup avec Laure si c'est toi mon agresseur !

– Marché conclu !

chapitre 9

– Bon, on y va, alors ! a ensuite fait Gaby.

– Tu veux dire, maintenant ?!

Elle s'est levée sans me répondre. Elle avait raison : mieux valait s'en débarrasser. Un mauvais moment à passer et on pourrait enchaîner avec la partie du contrat qui m'intéressait.

Heureusement, il n'y avait presque plus personne dans la cour, mais je ne pouvais pas m'empêcher d'imaginer Guernon nous suivant à la trace sur un mur d'écrans. La parano me gagnait, mais pour de bonnes raisons, dans mon cas. Si jamais on se faisait prendre, on allait être renvoyés, non ? Est-ce que Guernon renverrait sa propre fille ? Je la voyais bien ne pas faire de différence.

Et encore, si ça avait été mon seul problème… Si la spectroscopie m'irradiait à mort, c'est les pieds devant que je serais renvoyé de Laplace. Et en attendant, j'avais les jambes qui flageolaient. Je me suis persuadé que les interdits, le danger, je les bravais pour Laure, que c'était comme une épreuve pour regagner son cœur.

On s'est retrouvés sous le sycomore, qui nous mitraillait de ses fruits en double hélice (les disamares), puis sous le ginkgo, marchant sur le terrain miné du tapis de feuilles d'or, écrasant ses pseudofruits (des ovules, en fait) qui explosaient sous nos baskets comme autant de boules puantes.

Puis, on est descendus, bombardés cette fois par l'âcre puanteur typique des toilettes mal entretenues (je n'y allais moi-même qu'en cas d'extrême nécessité). On a traversé le couloir aussi vite qu'on pouvait et Gaby a encore mis à contribution son sac de sorcière pour nous ouvrir la Cave avec sa clé magique.

Ce qui m'a d'abord frappé, ce sont les effluves de charbon et de cannabis. Les yeux me piquaient. Puis, Gaby a allumé et j'ai découvert une grande pièce d'une cinquantaine de mètres carrés, qu'elle avait aménagée à sa façon, brute et sauvage, poussant tout le mobilier dans un coin et gardant seulement un lit, deux chaises et un bureau pour faire comme un salon. Elle avait aussi rapporté d'Emmaüs un pouf oriental sans âge et, le long des murs, étaient alignées d'intrigantes formes noires.

– C'est quoi, ça ? je lui ai demandé.

– Des sculptures en bois brûlé ! elle s'est fièrement exclamée. Mais t'en parles pas, hein ? C'est pour mon projet de fin d'année.

Je comprenais mieux l'odeur. Elle m'a fait la visite guidée de l'exposition. La première des œuvres était un petit barbecue – un barbecue en charbon, pour ainsi dire. Elle s'appelait *Pyromane incendié* (Gaby maîtrisait donc plusieurs degrés au-dessus du premier). Suivait un long bâton pointu, comme une mine de crayon géante – qu'elle avait intitulé *Mine de charbon*. Puis un buste de chef indien : *Mine de charbon déconfite*. Et enfin, un totem abattu, en plusieurs morceaux, et toujours aussi carbonisé : *1492*. Tout le projet était baptisé *Brûlot*.

Et au milieu de la Cave, s'élevait son chef-d'œuvre : une tente de culture de cannabis ! Elle m'en a fait faire le tour, comme devant une statue du Louvre, l'a ouverte pour me montrer les plants de beuh miroitant sous le système d'éclairage et a émis ce commentaire esthétique inspiré :

– C'est génial, non ? J'en ai pour toute l'année !

Pour célébrer ce vernissage, elle s'est roulé un joint en se posant sur le lit-canapé (tout l'inverse d'un canapé-lit). Il boitait d'un pied et était recouvert d'une courtepointe en patchwork qui flirtait avec le kitsch sans y tomber.

– Tu crois que c'est le moment ? je lui ai demandé en lui montrant son joint.

– C'est pour toi aussi que je le prépare, elle a rétorqué, en léchant le papier à rouler d'un geste professionnel. T'es tendu. C'est pas bon pour la spectro. Ça va être flou.

– Non merci, sans façon, j'ai répondu.

Elle a ri d'un air moqueur.

– C'est ta première fois, c'est ça ?

– La spectro ? Eh oui, figure-toi…

– La beuh ! T'as jamais bédave ? Tu t'es jamais… DROGUÉ ?

Elle a prononcé le mot très fort pour se la jouer rebelle.

– Bien sûr que si !

Disons que j'en avais déjà beaucoup consommé indirectement, victime de tabagisme passif aggravé, notamment lors de sa fête-aquarium de vendredi. Elle a refait son rire moqueur, s'allumant le joint sans rien dire.

– OK, donne-moi ça, j'ai repris en tendant la main.

– C'est illégal, tu sais ?

J'ai pris une latte, je me suis juré de ne pas tousser, j'ai toussé, j'ai pris une deuxième latte, je n'ai presque pas toussé, puis une troisième, je n'ai pas toussé du tout, et la femme-médecine a arrêté de se moquer.

Je me suis assez rapidement senti mieux, ou disons moins pire. Elle avait raison : ça émoussait la frousse, cette mauvaise herbe. Je me suis allongé comme elle. Le lit flottait à la dérive. J'étais ballotté sur des flots déchaînés. Et alors ? Qu'ils m'emportent où ils voulaient, au petit bonheur. Je m'en remettais à eux.

– Elle est belle, ta couverture, j'ai dit à Gaby – l'effet « ravi de la crèche » induit par la beuh commençait à opérer.

– Ça ?! elle a répondu dédaigneusement. C'est mon père qui l'a rapportée du Québec. Il en a une demi-douzaine, héritage de famille. C'est un motif en

« échelle de Jacob », paraît-il. L'échelle par où transitent les anges…

On ne voyait pas du tout en quoi le motif avait à voir avec une échelle. Un escalier, oui, à la rigueur : c'étaient des carrés disposés plus ou moins en quinconce ; ça n'y menait pas tout droit, au paradis, le trajet était oblique, comme le mien sur le lit, cabotant à perte de vue le long d'un espace-temps qui se diffractait à l'infini…

– Tomaz ? Tomaz ?

Le visage de Gaby venait d'apparaître au-dessus du mien. Je m'étais presque assoupi, sans m'en rendre compte. Un quart d'heure était passé. J'étais au radar. J'avais la bouche sèche, pâteuse et affamée. Sans que j'aie besoin de lui demander, Gaby a sorti les oursons de son sac-banane sans fond et m'a tendu le paquet. Cette fois-ci, je n'ai pas dit non. J'en ai même englouti une famille entière : papa ours, maman ours et bébé ours.

Pendant ce temps, Gaby s'est dirigée vers la machine-fantôme et, d'un geste théâtral, inaugurant une nouvelle sculpture, elle a soulevé le drap blanc des deux mains. La chose ressemblait bien à ce qu'on apercevait derrière Isha dans la vidéo d'accueil : le fauteuil, l'ordinateur, l'immense casque ovoïde. Sur ce dernier, un petit autocollant arborant fièrement le symbole de la radioactivité prenait des proportions monstrueuses dans mon cerveau en ébullition. J'ai avalé le peu de salive que la beuh m'avait laissée, tandis que Gaby s'affairait sur le clavier pour réveiller la bête – chasse au dragon, deuxième épisode !

En même temps, elle m'en dévoilait le *modus operandi*, jusqu'à ce qu'enfin il se mette en marche d'un bruit sourd, comme un grognement de dieu aztèque prêt à recevoir sa prochaine fournée de sacrifices humains, ou de réacteur de Tchernobyl juste avant la catastrophe, ou de plein d'autres choses encore – sous l'effet de la beuh, mon imagination s'emballait, débordait.

Sur l'ordre de Gaby, je me suis débarrassé de tout ce que je portais de métallique – iPhone, porte-monnaie, ceinture, bracelet, montre à gousset (on est dandy ou on ne l'est pas).

– C'est pas trop tôt, a commenté Gaby à la fin. Un vrai cyborg !

Ensuite, elle a sorti des bouchons d'oreille de son sac parce que le spectroscope faisait pas mal de bruit quand on avait la tête dedans. Puis, elle m'a fait chevaucher ma dernière monture.

Je me suis glissé en tremblant au-dessous du gros œuf blanc, la nuque bien calée sur un appuie-tête. Je devais fermer les yeux et bouger le moins possible.

M'étonnant moi-même, je lui ai demandé si ce n'était pas dangereux qu'elle s'expose encore une fois à la radioactivité, mais elle m'a répondu que ce n'était risqué que pour ceux dont c'était le quotidien. Et puis, par précaution, elle allait s'écarter le plus loin possible.

– Pas trop loin quand même ? j'ai demandé.

– T'inquiète ! C'est bon, t'es prêt ?

– Non, j'ai dit.

Mais elle a quand même lancé la machine et s'est éloignée de l'autre côté de la pièce.

L'œuf est descendu autour de ma tête et toutes sortes de bruits électroniques me sont tombées dessus, allant de l'interphone souffrant d'une rage de dents à une fraise de dentiste rouge et juteuse, en passant par le micro-ondes ou la soucoupe volante. Tous ces sons se répondaient, dans un langage extraterrestre bien à eux. Et ça durait. Je me répétais comme une incantation de ne plus bouger, de ne plus respirer.

Enfin, au bout d'une dizaine de minutes (ou d'heures ?) de cette opération à cerveau ouvert, le casque s'est relevé et j'ai pu éclore de mon œuf, battant de tous les membres comme un oisillon tombé du nid, et me touchant de partout pour vérifier que j'avais toujours un corps.

Puis j'ai fait part à Gaby de mon retour d'expérience :

– Putain, merde, tu fais chier !

Ça venait des tripes. Mais elle, elle a souri :

– « Putain » est de trop. Et puis, prends ça comme un rite d'initiation. Tu es l'un des nôtres, maintenant. Un Bois-Brûlé de cœur.

J'avais surtout l'impression d'être passé de Bruce Banner à Hulk, couleur de peau comprise – mais sans les muscles ni les superpouvoirs.

– Ça me fait une belle jambe ! j'ai rétorqué à Gaby.

Mais elle avait raison, je me sentais différent, et fier d'avoir traversé cette épreuve.

chapitre 10

Quand Gaby m'a invité à la rejoindre devant l'écran, je suis tout de même resté à bonne distance, pour lui épargner mes odeurs de transpiration – contrairement à elle, je n'aimais pas les infliger aux autres. Sur l'écran, un dossier était apparu, un dossier contenant des fichiers, au nombre de cinq…

Trop occupé par ma peur et le spectre de Gaby, je n'avais pas réfléchi aux miens propres. Je n'avais pas réalisé que je pouvais avoir vécu des traumas. J'avais peu de souvenirs de quand j'étais petit, et les rares qui me restaient venaient de photos ou de récits d'autres membres de la famille. Je n'avais pas eu une enfance difficile, mais pas non plus une enfance heureuse – juste une enfance neutre, une enfance de petit Suisse. Et voilà que je me retrouvais avec cinq spectros !

– Bon, on commence par laquelle ? m'a demandé Gaby.

Les vidéos étaient numérotées, de un à cinq.

– Qu'est-ce que ça change ?

– D'après le mode d'emploi, elles sont classées par ordre d'importance, de la plus intense, la plus grave, celle qui prend le plus de place dans notre cerveau, à celle qui en prend le moins.

– Tu en avais combien, toi ?

– Trois.

– Je t'ai battue ! je me suis exclamé, triomphal. Et c'était quoi ?

– La première, c'était mon agression. La seconde, une fois où j'ai réglé son compte à un pauvre type du collège, du genre d'Andreas.

– Il t'insultait aussi pour…

– Mon genre, ma race, ou le fait que j'en aie pas vraiment. Mais t'inquiète : il a dû se retrouver avec un plus gros spectre que moi, classé numéro un.

– Et la troisième ?

– Ma naissance…

– Ta naissance ?! Pourquoi ? Ça a été un accouchement difficile ?

– Je crois pas. Enfin, je suis née coiffée, paraît-il, mais ça ne fait pas mal ni rien.

– Coiffée ?! Qu'est-ce que ça veut dire ?

– Tu sors avec la poche des eaux sur la tête, si j'ai bien compris.

J'ai fait la grimace en me représentant la scène, et j'ai changé de sujet :

– Moi, ça a juste été très long, je rechignais à sortir.

Gaby a proposé qu'on regarde d'abord la cinquième spectro, histoire de commencer en douceur.

On n'y voyait pas grand-chose : du noir, beaucoup de noir, puis un peu moins, quelques formes spectrales et un rond à la fin, un grand rond blanc avec un point noir au milieu. Avant un retour définitif à l'écran noir.

– La voilà, ta spectro de naissance ! a commenté Gaby. Le rond, ça doit être le sein de ta mère. Moi aussi, j'ai ce genre d'images.

Malgré moi, peut-être pour ne pas avoir à imaginer les seins de ma mère, je me suis mis à imaginer ceux de Guernon – et ce n'était pas évident.

– Guernon t'a allaitée ?! j'ai demandé à Gaby.

– Ça t'étonne ?

– Ben… Tu sais… Elle n'a pas beaucoup de… C'est comme toi…

Je ne savais plus comment m'en sortir. J'aurais mieux fait de me taire.

– Ça n'a aucun rapport : ils grossissent pour l'allaitement, si tu veux savoir.

– Au temps pour moi. En tout cas, je comprends mieux pourquoi je ne voulais pas sortir – à peine né, j'étais déjà traumatisé. On passe à la quatrième ? Je suppose que c'est la première fois qu'on s'est rencontrés ?

Gaby a souri avec indulgence et lancé la vidéo. C'était plus clair et distinct, cette fois. La scène m'est revenue en mémoire peu à peu. On y voyait mon père bousculer ma mère. J'avais dans les dix ans. Mes parents devaient se rendre à une remise de prix où Gwenael était lauréat. La baby-sitter était malade. Martha voulait rester à la maison pour moi, mais mon père estimait que j'étais assez grand pour me garder tout seul. Elle lui disait d'y aller sans elle, mais ça l'énervait qu'elle ne vienne pas – peut-être qu'il culpabilisait de moins se soucier de moi ? En tout cas, il s'était emporté et ça avait fini comme ça : Martha par terre, moi pleurant à ses côtés, et Gwenael partant seul à sa soirée.

Quant à la troisième spectro, je l'ai reconnue encore plus vite. J'étais en voiture avec ma mère. On devait se dépêcher afin de rejoindre mon père pour la première d'une de ses pièces dans un théâtre de la région. On avait peur d'arriver en retard. La nuit était déjà tombée. Il pleuvait des cordes. Sur l'image, le serpent de bitume dansait devant nous sa danse trouble et hypnotisante. Les virages apparaissaient au dernier moment, avant de disparaître dans le noir déluge – jusqu'à ce qu'on y plonge nous aussi, en aquaplaning…

Là, Gaby a crié, comme on avait dû crier avec ma mère, à l'époque, tandis qu'on faisait un tonneau dans le fossé. Puis la spectro s'estompait jusqu'à l'écran noir.

Finalement, on s'en était sortis sans séquelles physiques. « Plus de peur que de mal », répétait ma mère. Mais beaucoup de peur, quand même. Depuis, j'appréhendais toujours en montant dans une voiture.

On a enchaîné sur la spectro 2. Il y faisait plus sombre, un peu comme sur la vidéo de l'agression de Gaby. Les arrière-plans étaient flous, estompés, mais une porte se dessinait au premier plan tandis que j'avançais vers elle, une porte que j'ouvrais en tendant la main vers le haut – je devais donc être petit : deux ou trois ans ? Je baissais la poignée, j'ouvrais, et là…

Il faisait noir, mais je pouvais discerner un lit, un lit occupé par deux silhouettes, deux formes humaines qui se précisaient à mesure que je faisais le point, que mes pupilles se dilataient pour apprivoiser l'obscurité.

L'une des ombres était couchée, allongée, et l'autre, au-dessus d'elle, avait la tête à hauteur de… de son pénis ! Oui, c'était bien ça : une ombre taillait une pipe à une autre !

– Oh non, merde ! s'est exclamée Gaby en se cachant le visage dans les mains.

Moi, ça me dégoûtait aussi, mais j'étais scotché, comme j'avais dû l'être à l'époque, et comme l'étaient les deux ombres qui se tournaient en même temps vers moi.

La seconde suivante, l'ombre du dessus bondissait sur le côté pour s'enrouler dans la couette, et l'ombre du dessous attrapait le premier sous-vêtement qui lui passait sous la main pour s'en couvrir le pénis, avant de se ruer vers moi. Ses traits alors se précisaient. C'était mon père : ses cheveux déjà grisonnants, son front protubérant et dégarni, ses sourcils toujours bien noirs.

Arrivé à ma portée, il m'hélitroyait sans ménagement et courait me recoucher dans ma chambre. Puis, il repartait *illico* en refermant ma porte. Clap de fin, fondu au noir.

Gaby n'avait regardé que d'un œil, entre ses doigts.

– C'est le pire film d'horreur que j'aie jamais vu ! elle a dit. C'étaient tes parents, c'est ça ?

J'ai hoché la tête, atterré.

– T'as pris cher, en traumas, elle a enchaîné, un léger sourire aux lèvres. Les psys appellent ça la scène primitive, je crois, quand tu surprends tes parents en train de baiser. C'est un classique de l'enfance des psychopathes – et après, ils se vengent sur les autres, en les prenant en photo toutes nues, par exemple…

J'ai vaguement souri à mon tour, mais sans rien dire. Je n'arrivais pas à rebondir. Ce n'était peut-être pas si grave, la scène primitive, mais moi, la spectro m'avait chamboulé. La beuh devait jouer : j'entamais la descente, je voyais tout en noir, surtout quand ce que je voyais, c'était une vidéo porno de mes parents.

– Tu te souviens de quelque chose ? a repris Gaby.

– Non, de rien. Je devais être trop jeune.

– Moi, j'ai des souvenirs dès un ou deux ans !

– Moi, ce serait plutôt vers sept ou huit que ça commence…

– T'as un gros problème !

– Je me demande pourquoi elle est classée comme plus grave que l'accident de voiture, j'ai remarqué.

– Ça me paraît évident, non ? a dit Gaby, en continuant sur sa lancée.

Puis, reprenant son sérieux, elle a ajouté :

– Non, t'as raison, c'est bizarre. À croire que les chocs psychologiques sont souvent plus graves que les blessures physiques ?

– Bon, on se regarde la dernière ? j'ai proposé, non sans appréhension.

chapitre 11

L'écran était d'abord tout noir et puis, quelque chose avançait, tout doucement. Avançait vers moi. Quelque chose comme…

D'abord, j'ai cru que c'était une pieuvre. Une pieuvre avec trois grands tentacules noirs mouchetés de points blancs, des ventouses ! J'ai même pensé à mes photos du *Clathrus archeri*. Un des tentacules remontait parfois à hauteur de mon visage, une sorte de trompe d'éléphant, avec un trou au bout, une bouche, des lèvres, cherchant à me parler peut-être ?

À mesure que la chose avançait, son corps prenait une forme rectangulaire et allongée, comme un écran de smartphone, ou un miroir, un miroir sur pieds – on appelait ça une psyché, je crois. Mon visage s'y reflétait, poussant un cri. Ma bouche n'était plus une bouche, mais un grand trou rond, un trou dans lequel la trompe-tentacule s'engouffrait – à moins que ce ne soit elle qui m'ait engouffré.

La vidéo s'arrêtait là.

Sur le coup, je ne sais pas ce qui m'a pris, mais j'ai éclaté de rire, nerveusement, sans joie. Gaby, elle, nous regardait tour à tour, l'écran et moi, en fronçant les sourcils.

– Je crois bien qu'il a un pète, ton spectroscope ! j'ai fini par lâcher.

Gaby a hoché la tête d'un air soucieux.

– Ça t'évoque quelque chose ? elle m'a demandé.

– Oui, une sale histoire qui m'est arrivée enfant : une pieuvre-miroir m'a étouffé avec sa trompe alors que je marchais tranquillement dans la rue.

J'ai encore éclaté d'un rire à moitié étranglé.

– Ça correspond à quoi, tu crois ? elle a repris.

– Je n'en sais rien. C'est peut-être un cauchemar que j'ai fait ? Et le spectroscope l'aurait pris pour un vrai traumatisme ?

– Le spectroscope ou ton cerveau…

– De toute façon, ça revient au même, j'ai répondu, exagérément agacé.

Cette spectro était tellement absurde que j'aurais dû m'en moquer, mais elle m'irritait, comme une plaisanterie qui frappe là où ça fait mal.

– Ça t'évoque vraiment rien ? a insisté Gaby.

– Non, à part peut-être… Les tentacules, ils me font penser…

– Elles !

– Non, c'est masculin, « tentacule », même si on croit souvent le contraire.

– Ça, c'est bien les phallos de mecs, ils veulent que tout soit masculin ! Mais continue, je t'ai coupé.

– T'as fait du *manterrupting* !

– Change pas de sujet : t'en étais à tes tentacules dégoûtantes.

– Je disais qu'*ils* me faisaient penser au champignon que j'ai pris en photo : on l'appelle la pieuvre des bois. Tu sais, j'en ai des tirages sur les murs de ma chambre.

Gaby a hoché la tête et enchaîné :

– Ça aurait servi de matière première à ton cauchemar ? Pourtant, le spectroscope n'est pas censé confondre rêve et réalité.

Quand elle a remonté une nouvelle fois ses lunettes sur son nez, j'ai avisé sa montre : il était plus de dix-neuf heures trente…

– Put… Euh, merde, il faut que j'y aille ! je me suis exclamé. Je vais me faire défoncer !

On s'est vite dit au revoir, en se promettant d'en reparler. Évidemment, en attendant, je devais tenir ma langue. Et elle, elle tâterait le terrain pour Laure.

chapitre 12

Je suis revenu à la maison au pas de course, même si, en vrai, mes parents n'étaient pas du genre à me « défoncer » – j'avais juste dit ça à Gaby pour m'intégrer dans la tradition de critiquer ses vieux.

Quand je suis arrivé, j'ai entendu notre chat Ob' pousser un de ses feulements stridents dans la cuisine et j'ai su que mon père était là. Ob', c'était pour Obélix. Je l'avais appelé comme ça quand j'étais petit parce qu'il était roux, gros, avec de grandes moustaches et un museau proéminent. Il entretenait une relation passionnelle avec mon père : ils se câlinaient, mais parfois aussi ils se chahutaient, et comme Ob' était toujours dans ses pattes, il arrivait à Gwenael de lui marcher dessus ou de le bousculer, de lui donner des petits coups, pour ne pas tomber – d'où les feulements qui ponctuaient l'ambiance sonore de la maison.

– C'est à cette heure-ci que tu rentres ?! m'a dit mon père – mais c'était pour plaisanter, je n'avais même pas à me justifier.

Pour être sûr, avec Gwenael, il suffisait de regarder son grand front dégarni. C'est de là qu'il était le plus expressif : si la peau ne s'y plissait pas, alors c'est que ça allait, comme ce soir. Mais si elle commençait à faire des vagues, des rides, alors il n'y avait plus qu'à en compter le nombre pour savoir à quel point ça n'allait pas.

Il était aux fourneaux, avec son tablier noir. À part les soirs de représentation, où il rentrait tard du théâtre, c'est toujours lui qui faisait la cuisine – ma mère, elle, était préposée à la vaisselle et au ménage. Il dirigeait le Centre dramatique national de Saint-Lazare et portait comme il se doit des jeans noirs et des bleus de travail qui n'étaient pas bleus mais noirs – un costume sur mesure de metteur en scène anar. Et comme la cuisine était son antre, elle était aussi à dominante noire, et très *design* (on se ressemblait, avec mon père, pour les achats compulsifs de luxe) : le frigo et le lave-vaisselle étaient des Smeg vintage, la table était une Tolix, et une enfilade de couteaux japonais de professionnels pendaient au mur. Il n'y avait guère que les bocaux penchés de graines germées comme touche personnelle maternelle.

– Viens là que je te frappe ! a continué Gwenael, tandis que je m'avançais vers le placard pour mettre la table.

Alors, il a fait mine de m'assommer à coup de poêle, et moi, j'ai répliqué en lui pointant un couteau rond sur le bide. Ma mère est arrivée et elle nous a dit d'arrêter parce qu'on allait mettre du sang partout, et ce serait à elle de tout nettoyer. Non, vraiment, elle avait « d'autres chats à fouetter ».

Martha avait la quarantaine – quinze ans de moins que mon père : pas de front dégarni ni de cheveux grisonnants à l'horizon, mais un petit nez retroussé qu'elle remuait souvent. Elle était encore très belle (blonde, aux yeux bleu-vert comme moi) et elle s'habillait très bien, pas juste en tenues d'ouvrier pour faire extrême gauche. Elle avait été actrice dans la troupe de mon père, puis elle s'était reconvertie en professeure des écoles.

Gwenael lui a expliqué que j'étais arrivé en retard et il m'a demandé :

– C'était pour une fille, j'espère ?

Tout d'un coup, qu'il me parle de fille, j'ai eu un flash. J'ai revu ma scène primitive, leurs deux corps nus, leur panique, leurs yeux brillant dans le noir. Pris dans les rais du flash, je me suis senti mal, bloqué quelques secondes, avant de m'en libérer pour lui répondre :

– Bien sûr que c'était pour une fille.

D'une certaine manière, ce n'était pas faux.

– Il faut bien que jeunesse se passe, a commenté ma mère.

– Alors, trinquons à ta victoire ! il a enchaîné en me versant un de ces vins nature qu'il appréciait, pétillants sans l'être.

Il n'en a pas proposé à ma mère, qui buvait peu. Et comme Ob' revenait à l'assaut de ses jambes, il lui a redonné un petit coup.

– Je ne sais pas si on peut parler de victoire, j'ai rétorqué.

Le chat s'est rabattu sur mes propres jambes, sachant que je ne refusais jamais.

– Il ne faut pas être défaitiste avec les filles, a repris Gwenael. Ni avec personne d'autre. Il faut oser, braver les interdits. C'est un peu votre problème, parfois, à ta mère et toi.

Il me donnait souvent des conseils de ce genre. J'avais appris à ne pas le prendre mal et ma mère n'a rien répliqué, sinon qu'effectivement, on n'avait rien sans rien : la fortune souriait aux audacieux.

– Parfois, a continué Gwenael, j'étouffe de vivre avec d'éternels bons élèves.

Je me suis renfrogné, me retenant de m'emporter – peut-être parce que j'étais trop bon élève, comme il disait ?

À notre mine défaite, il s'est repris en riant :

– Faites pas cette tête, je plaisantais !

On a ravalé notre amertume et on est passés à autre chose. Comme Ob' allait bientôt me faire tomber à force de s'enrouler à mes pieds, je l'ai pris dans les bras et me suis assis pour le repas.

Ça sentait bon, comme d'habitude avec Gwenael. Il prenait le même soin maniaque à cuisiner qu'à mettre en scène. C'était un créatif, comme on dit, même s'il détestait le mot, trouvait que ça faisait nom de coiffeuse – « Créa'tif ». « Les créatifs, c'est justement ceux qui ne créent rien, il disait, qui ne mettent pas la main à la pâte ! »

Ce soir-là, il nous avait concocté des tripes arrangées à sa sauce, avec de bonnes pâtes italiennes tréfilées au bronze et cuites *al dente* (il les faisait toujours cuire deux minutes de moins que le temps indiqué). Et la soirée a continué, sans autre problème que ces flashs de spectros qui me trottaient dans la tête, comme un arrière-goût d'œuf pourri impossible à faire partir. Ma mère a bien aimé aussi, mais a trouvé comme souvent que ça manquait de crudités et s'est préparé quelques feuilles de salade en plus.

Cette nuit-là, j'ai fait un cauchemar. Gaby soulevait le drap qui recouvrait le spectroscope, mais à la place, c'était mon monstre hybride qui apparaissait – et elle se penchait pour lui dispenser une fellation ! Moi, je matais comme un pervers. Mais il y avait un problème avec la bande-son : leurs étreintes faisaient le bruit du spectroscope… Ensuite, Gaby baissait son survêt, son slip, et à la place de son sexe, il y avait un miroir, un miroir où je me regardais – mais mon reflet n'était autre que celui du monstre. Alors, les bruits s'intensifiaient jusqu'à atteindre une sorte d'orgasme électronique insupportable.

Je me suis réveillé en panique, sans parvenir à me rendormir. Je revivais mon cauchemar, mes spectros, me demandant pourquoi elles me mettaient si mal. Devant moi, sur le mur, les photos de la pieuvre des bois prenaient des allures menaçantes. J'avais beau me dire que je n'étais plus un gamin, il a quand même fallu qu'au bout de la nuit, j'aille les dépunaiser, pour que le sommeil, rassuré, daigne enfin faire une entrée express dans mon repaire.

chapitre 13

Le lendemain, j'avais remis mes Persol à cause des cernes, et m'étais préparé à subir cette journée comme une épine de Damoclès dans le pied (pour mixer les expressions comme Gaby). Mais en fait, je suis ressorti avec Laure !

Elle était venue me voir après les cours et, une fois à l'écart, elle m'avait dit que c'était d'accord pour qu'on se remette ensemble, qu'on se donne une seconde chance. Elle avait juste voulu se faire désirer, ne pas « jeter des perles à un pourceau ». On était au frais, à l'ombre du hangar, autour des scooters, mobylettes et vélos qui nous entouraient sagement comme les moutons d'un berger. Le sycomore résonnait d'innombrables étourneaux dont on ne voyait pourtant pas la queue.

On s'est embrassés, elle assise sur son Piaggio Typhoon noir (sa seule concession à la civilisation fossile), et moi debout, apercevant loin derrière elle Gaby, sous le ginkgo, adossée à la rambarde de l'escalier qui menait aux toilettes. De Gaby, je ne voyais que le grand sourire, comme celui du chat du Cheshire. Elle était contente. C'était son œuvre !

Moi aussi, j'étais aux anges et en même temps, je ressentais comme une gêne – un des anges était récalcitrant. J'embrassais Laure car je ne savais pas quoi lui dire – je n'avais jamais su quoi lui dire, encore moins maintenant. Et puis, notre baiser avait quelque chose de faux, comme celui d'un mariage arrangé.

J'ai serré fort mon ex-ex, le visage enfoui dans son cou. Je me frottais à sa peau, à son intense parfum fruité, entre pêche et pomme. J'aurais aimé pouvoir croquer dedans. Elle s'est bientôt décollée, un peu embarrassée. Elle devait rentrer chez elle. On se reverrait le lendemain : il y avait un temps pour tout.

Elle a démarré, les étourneaux se sont envolés du sycomore d'un seul coup d'ailes généralisé, et tandis que le ronflement du scooter s'estompait au bout de la rue, les oiseaux ont regagné l'arbre au compte-gouttes, timidement, et j'ai rejoint Gaby qui m'attendait sous le ginkgo.

– Alors, qu'est-ce qu'on dit à tata Gaby ?

Je l'ai remerciée.

– Mais comment tu t'y es prise ? j'ai continué.

– Je lui ai dit la vérité, ou presque : que tu m'avais demandé des tuyaux pour ressortir avec elle.

– Quoi ?! La honte !

Comme je tendais le doigt pour me curer le nez, Gaby a bandé l'arc de ses sourcils pour me décocher un de ses regards noirs, mais elle n'a pas eu à dézipper son sac-banane, car j'avais prévu mes propres mouchoirs.

– Faut croire que non, elle a répondu. Je me doutais qu'elle trouverait ça touchant. Et puis, je lui ai raconté qu'on avait sympathisé. J'ai quand même mythoné, quoi.

J'ai ri, sans y mettre beaucoup du mien.

– Mais ça va ? elle a repris en montrant mes lunettes noires. T'as pas l'air dans ton assiette fiscale… Je m'attendais à plus d'enthousiasme.

J'ai haussé les épaules, en espérant la faire un peu culpabiliser.

– J'ai mal dormi. C'est tes spectros, ça me travaille !

– *Mes* spectros ?

– Non, les miennes, je veux dire celles que tu m'as obligé à faire. À cause d'elles, j'ai même fait un cauchemar traumatique. Je suis sûr que ça m'a inoculé un nouveau spectre.

– Vas-y, raconte ! elle s'est exclamée, plus intriguée que compatissante.

Le cauchemar m'est revenu par flashs.

– Vaut mieux pas, j'ai répondu, ne serait-ce que pour ta propre santé men…

Elle m'a coupé en croisant les bras :

– Toi, t'as besoin d'une bonne spectrothérapie !

Rien que le nom ne me disait rien. J'ai fait non de la tête en reculant, comme si la pieuvre m'avançait dessus encore une fois.

– Je préfère ne pas savoir ce que c'est, j'ai enchaîné.

Mais Gaby aimait bien faire le contraire de ce qu'on lui demandait :

– C'est un nouveau traitement révolutionnaire. On reregarde ensemble tes spectros, tu t'allonges sur le lit-canapé et moi, derrière, je t'écoute en parler, me dire ce qui te passe par la tête.

– Je ne suis pas sûr que tu aies les qualifications requises, j'ai argué, diplomate.

– Au contraire, je suis calée en psycho.

– Tu t'es formée dans *Elle* ou dans *Marie Claire* ?!

– Est-ce que j'ai une tête à lire des magazines féminins ?!

Je l'ai bien regardée, sa tête, et force était de constater que non.

– Tu ne te rends peut-être pas compte, elle a repris, mais à mon avis, ton vrai problème, ce n'est pas d'avoir revu tes traumas, c'est de les avoir refoulés…

J'ai pouffé.

– Me fais pas croire que t'as pas feuilleté un ou deux hors-séries spécial psychologie de cuisine ?

– Allez, viens ! elle a dit sans relever. En plus, j'ai quelque chose à te montrer.

Il était dix-huit heures et beaucoup de poussières. La cour était déserte. On pouvait descendre sans se faire remarquer.

– Je vais enfin savoir si t'es une fille ou un garçon, c'est ça ?

– Va te faire foutre ! elle a dit, se précipitant au fond des toilettes.

Je l'ai suivie en lui demandant de m'excuser et en lui promettant tout ce qu'elle voulait. Elle s'est retournée, tout sourire. Elle ne l'avait pas du tout mal pris, elle en avait juste rajouté pour me décider. Machiavélique ! Je commençais à me dire que c'était vraiment une fille !

chapitre 14

Avant toute chose, Gaby s'est roulé un joint. Elle m'en a proposé, mais je ne voulais pas *bad triper* comme la veille, perdre le contrôle, puis le moral – j'étais déjà suffisamment à bout comme ça.

– Non merci, grand sachem ! je lui ai répondu. Ce sera sans calumet de la paix, pour moi, aujourd'hui. Hugh !

Je m'attendais juste à un nouveau doigt d'honneur, mais cette fois elle est montée sur ses grands chevaux fougueux :

– Si tu te moques encore de mes origines, je te jure, je te défonce !

– Ça va, je plaisantais, j'ai répliqué, en riant bêtement.

– Ben, c'est pas drôle.

Je me suis tu, honteux. Je pensais à une réplique comme quoi elle déterrait la hache de guerre, mais je l'ai gardée pour moi.

– Prends plutôt quelques taffes, elle a repris en me tendant à nouveau le joint. Ça me fera des vacances.

Penaud, je me suis exécuté – elle m'avait envoûté et pouvait faire de moi ce qu'elle voulait. Puis je lui ai demandé ce qu'elle avait à me montrer, mais elle a dit qu'on verrait ça dans un second temps, que le plus urgent, tant que la beuh faisait effet, c'était que je passe sur le billard, ou le divan, ou comme je préférais appeler le lit-canapé qui m'attendait.

On a commencé par visionner ma spectro du monstre, puis celle de la scène primitive. Ça ne nous branchait pas plus que ça de la revoir, mais Gaby était prête à tout pour faire avancer la science spectrothérapeutique. Je louvoyais des yeux pour éviter le pénis de mon père, mais je ne voyais que ça. Quant à ma mère, on ne la remarquait pratiquement pas, à part un petit bout de nez, furtivement.

Ensuite, Gaby m'a fait allonger sur le lit-canapé, elle s'est assise sur son pouf oriental derrière moi, et elle a sorti un carnet et un crayon de son sac-banane – elle avait tout prévu !

– Tu comptes vraiment prendre des notes ? je lui ai demandé. Tu ne les montres à personne, hein ?

– Tu me prends pour qui ? Je suis tenue au secret professionnel.

Puis elle m'a lancé sur la spectro. Il fallait que j'en dise tout ce qui me passait par la tête, sans me censurer.

– Je… Comment dire… Ça…

– Vas-y, lâche-toi !

– Ça me dégoûte, la bite de mon père !

– Je comprends.

– Mais plus que ça devrait. C'est mon père en entier qui me dégoûte ! J'ai tort, je sais. Je suis juste... jaloux ! Il a tout pour lui et moi... C'est le complexe d'Œdipe, non, c'est ça ?

Gaby n'a pas répondu. Elle se contentait de hocher la tête, simulant une profondeur de pensée abyssale tout en griffonnant énergiquement quelques remarques.

– Je suis peut-être... homo ! un homo refoulé ! Et en même temps, je n'ai aucune envie de coucher avec un mec. Je les déteste, même, les mecs. Et je me déteste, par la même occasion.

Je ne sais pas ce qui me prenait, je déballais tout. Passé le premier moment de gêne, ça me plaisait qu'on me demande, pour une fois, de parler avant de penser. La beuh devait me désinhiber, aussi. Et puis, Gaby elle-même avait quelque chose de désinhibant. J'avais l'impression de pouvoir tout lui dire sans qu'elle me juge.

– J'ai peur qu'on s'éloigne du sujet, elle m'a coupé. Tu veux bien revenir sur la spectro ? Tu m'as parlé de ton père, mais pas de ta mère.

– Qu'elle s'enroule dans la couette, c'est typique. Elle est, disons, effacée. Dans la vie comme sur la spectro, on ne voit que le bout de son nez de lapine.

– Intéressant, ce féminin... Ça donne aussi « la – plus loin – pine ». Tu vois ce que je veux dire ?

Tout en me parlant, je l'entendais souligner avec insistance le mot sur son carnet. J'étais craqué.

– J'ai fait un lapsus révélateur, c'est ça ? Et dans « lapsus », y a « suce » ?

Sourde à mon ironie, elle a continué sur sa lancée :

– C'est tout à ton honneur d'utiliser le féminin. Je serais la dernière à te le reprocher. Mais moi, quand tu parles de son nez de lapine, je me dis que c'est elle, justement, qui a la pine – et pas ton père…

– Ma mère porterait la culotte, c'est ça ? j'ai demandé.

– Oui, c'est aussi une expression possible. On ne le voit pas bien sur la spectro, mais ce qui est sûr, c'est que ton père, lui, ne porte pas de culotte…

– Franchement, on ne peut vraiment pas dire qu'à la maison, ce soit ma mère qui domine. Non vraiment, tu te trompes.

– « Trompes » ? Ça aussi, c'est un mot intéressant…

Son sérieux était imperturbable. Je suis entré dans son jeu, pour voir où elle était capable d'aller :

– Tu veux parler de la trompe de ma première spectro ?

– Oui, possible, à toi de voir. On est toujours pas loin de la bite, en tout cas.

– J'ai jamais entendu un truc aussi tiré par les cheveux. C'est toujours comme ça, les psys ? T'en as déjà vu un, toi ?

Elle a encore souligné frénétiquement un mot sur son carnet.

– Non, chez moi, c'est naturel, elle a répondu. Mais tu viens d'utiliser une nouvelle expression qui m'interpelle : « tiré par les cheveux ». Est-ce que tu pourrais développer ?

– Franchement, j'ai fait en me relevant, vaut mieux qu'on arrête là, non ? Ça devient ridicule, je suis gêné pour toi.

– Rallonge-toi, elle m'a dit avec son faciès impassible de chef sioux. Parle-moi de ton rêve.

Sous l'effet de son pouvoir hypnotique, je me suis rallongé et je lui ai dit :

– Mon rêve ? T'es dedans, figure-toi, et moi, contrairement à toi, je ne préfère pas te traumatiser.

– Il m'en faut beaucoup, tu sais, pour me traumatiser. Vas-y, accouche !

J'ai vite réfléchi pour censurer le plus déviant.

– Si tu veux tout savoir, mon monstre avait pris la place de mon père, et c'était toi qui… Enfin, voilà, tu avais pris la place de ma mère…

– Mais oui, ça doit être à cause des cheveux, je comprends mieux !

– Des cheveux ?

– Elle les a courts, comme moi sur la spectro. C'est pour ça que tu trouvais le tout « tiré par les cheveux » !

J'ai laissé de côté son délire sur l'expression pour me concentrer sur ce qui m'intéressait :

– Elle les a courts sur la spectro ?!

– T'as pas remarqué ? Ça fait penser à ma propre coupe. Un truc de meufs qui se laissent pas faire ! Qui portent la culotte, si tu veux !

– Ça m'étonnerait, j'ai répondu. J'ai jamais vu ma mère avec les cheveux courts.

– Tu veux dire que tu ne t'en souviens pas, comme du reste.

Alors, on a regardé une nouvelle fois la spectro primitive, et c'est vrai qu'à un moment, subrepticement, on lui voyait une coupe à la garçonne.

– Comment j'ai pu passer à côté ? je me suis demandé.

– C'est que tu voulais passer à côté, a dit Gaby avec l'air satisfait de Freud le jour où il a cru comprendre la psyché humaine.

Elle m'a conseillé de demander directement à Martha pour la coupe et elle a mis fin à la séance.

– On a fait du bon travail, aujourd'hui, elle a conclu. Ton complexe de castration ne fait plus aucun doute. Je comprends mieux aussi pour ton nez.

– Mon nez ? Qu'est-ce qu'il a mon nez ?

– Le nez, c'est la pine, tu savais pas ? Et t'arrête pas de vouloir le curer. C'est pourtant pas comme ça que tu te débarrasseras des mauvaises odeurs.

Autant, au début, c'était marrant, autant désormais, ça devenait glauque, comme l'oncle lourdaud qui n'arrête pas de faire des blagues de cul au mariage de sa nièce.

chapitre 15

Quittant mes spectros, Gaby a ouvert le fichier qu'elle voulait me montrer. Elle avait épluché toute la soirée les dossiers du disque dur et avait fini par tomber sur une « note confidentielle à usage interne », signée de son père.

Jusqu'à présent, disait la note, *sur la cinquantaine de spectroscopies auxquelles nous avons pu procéder, six ont fait apparaître cette scène si particulière, que vous commencez à connaître : un monstre à l'apparence changeante avance vers le sujet en se métamorphosant en miroir, avant de l'avaler ou de se faire avaler (l'issue est indécise). En référence au « cri primal », je l'ai baptisé le spectre primal, car à la fin, le reflet du sujet pousse un cri qui semble venir de loin, par-delà la conscience.*

Nous aurions besoin de davantage de données pour nous faire une véritable idée de la fréquence de cette anomalie, comme de sa raison d'être. J'en suis réduit comme vous aux conjectures. Voici mes trois hypothèses, mais d'autres sont certainement possibles.

D'abord, il se pourrait que ce spectre en cache un autre : l'inconscient lui-même s'inventerait cette scène écran pour ne pas avoir à traiter une scène traumatique bien réelle, trop dure à supporter. Mais pourquoi refoulerait-il un spectre violent au moyen d'un autre qui l'est autant ? Et pourquoi tous les sujets les plus traumatisés ne souffrent-ils pas de ce spectre primal ?

Deuxième hypothèse, il se pourrait que cette scène n'en cache pas tellement une autre plus traumatique, mais plusieurs qui le seraient moins. Beaucoup d'études ont montré que la répétition de petites violences apparemment anodines peut être aussi délétère, voire davantage, qu'un traumatisme unique. Il n'y a pas de raison d'exclure que cette banalité du mal sécrète aussi de la spectrine, mais une spectrine diffuse, évanescente, qui ne correspond à aucun événement en particulier, aucune spectro réelle. Dès lors, pourquoi ne pas supposer que le cerveau, qui a horreur du vide, créerait de toutes pièces une scène bien à lui, comme une métaphore condensée de toutes les scènes violentes réellement vécues ?

Enfin, même s'il va de soi que je n'y crois pas, je suis bien obligé d'émettre une troisième hypothèse : à savoir que la scène aurait vraiment eu lieu, que notre monstre aurait vraiment visité un jour nos sujets sans qu'ils en soient conscients…

C'était encore pire que ce que je me figurais. Je ne pouvais plus mettre le monstre sur le compte de mon imagination. La pieuvre des bois prise en photo n'en était pas la cause, mais au contraire la conséquence :

c'est parce qu'elle me rappelait un monstre profondément enfoui dans mon inconscient qu'elle avait dû m'attirer, que j'avais ressenti l'envie de la prendre en photos.

Un monstre enfoui en moi, mais aussi enfoui en d'autres ?! J'avais le choix entre un bon gros traumatisme, ou plein de petits qui finissent par en faire un très gros – ou encore un vrai monstre en chair et sans os ! Et moi qui ne me rappelais rien avant l'école primaire ! Est-ce que c'était pour cette raison ? Est-ce que mon cerveau avait trouvé plus raisonnable de remiser le tout au sous-sol, à la Cave, plutôt que de faire de ma vie un cauchemar comme Gaby s'y employait à présent ?

– Tu le fais exprès ou quoi ! je me suis exclamé après ma lecture. Tu ne crois pas que j'aurais préféré ne pas savoir ?

– Excuse-moi ! elle a dit. C'est pas mon truc de balayer la poussière sous le tapis rouge.

Elle s'excusait, mais juste après elle expliquait pourquoi il n'y avait aucune raison qu'elle s'excuse. J'ai préféré ne rien répondre. J'aurais dit une bêtise. Et elle m'avait quand même bien arrangé le coup avec Laure…

– En tout cas, elle a repris, tu comprends ce que ça veut dire ?

– Que je suis cramé de la tête ? j'ai demandé.

– Oui, déjà, et surtout que tu es peut-être mon agresseur, finalement.

– Quoi ?!

– La spectro du monstre, elle peut très bien cacher ce que tu m'as fait !

– Tu ne vas pas recommencer ! Tu sais bien que ce n'est pas moi !

– Je dis pas que c'est toi, je dis qu'il y a un doute, et que si j'avais trouvé ça avant de t'arranger le coup avec Laure, j't'aurais pas arrangé le coup avec Laure. Et que la moindre des choses, maintenant, c'est que tu m'aides à trouver le vrai coupable – si c'est pas toi, bien sûr. Voilà ce que je dis.

Ça faisait déjà beaucoup.

– Je veux bien t'aider ! j'ai protesté. Moi aussi, j'ai des comptes à régler avec ton agresseur : il s'est tout de même fait passer pour moi, avec la parka ! Mais tu voudrais t'y prendre comment ?

– À part toi, on est d'accord que le suspect numéro un, je veux dire deux, puisque c'est toi qui…

– Ça va, j'ai compris.

– Le deux, donc, c'est Andreas. Il m'a vue acheter de la spectrine, juste après lui, vendredi, quand Louis tenait boutique dans ma salle de bains. Je sais pas qui l'a invité, d'ailleurs. Sûrement Louis. Ou il s'est invité tout seul. Ce serait son genre.

– Et tu ne m'en parles que maintenant ?! C'est lui, le suspect numéro un, c'est évident !

– On doit donc le prendre aussi en spectro. Sauf qu'il va falloir procéder à son insu, ou il se fera un plaisir de nous balancer à Guernon.

– Tu veux qu'on spectroscopie Andreas de force ?!

Elle a hoché la tête de haut en bas. J'ai secoué la mienne de droite à gauche.

chapitre 16

Une semaine plus tard, j'étais dans la Cave avec Andreas.

Gaby m'avait fait un chantage ignoble comme quoi si je ne l'aidais pas, elle répandrait la rumeur, sûrement fondée, de ma culpabilité – et ferait tout pour me casser le coup avec Laure.

Je lui avais fait valoir qu'il était moralement répréhensible de forcer Andreas à passer à la casserole du spectroscope, que c'était presque comme un viol. Mais ça l'avait bien fait rire : il faudrait nous montrer, à nous les mecs, ce qu'était un viol, un vrai – nous enfoncer un balai de sorcière dans le cul, par exemple ! Ça nous ferait passer l'envie ! Et peut-être qu'aussi ça nous le ferait passer un peu plus, le balai !

De toute façon, si Andreas n'était pas le coupable, ce serait quand même bien fait pour sa gueule, étant donné son passif ! Et puis peut-être qu'on allait lui trouver des spectros encore plus compromettantes, des crimes en série. C'était un service qu'on rendait à la société autant qu'à Gaby…

J'avais cédé. Mon père disait souvent que les violeurs, il faudrait tous leur couper les couilles, les castrer ! Alors, leur farfouiller un peu dans l'inconscient, en comparaison, ça semblait pas grand-chose. J'avais tout fait comme Gaby m'avait demandé. J'étais devenu son bras droit, ou disons son bras gauche, vu comme je m'y prenais.

La veille, Gaby avait acheté de la spectrine à Louis et je n'avais pas eu de mal à enrôler notre suspect pour un trip gratos sous spectrine, d'autant que j'avais une bonne planque à lui proposer, au fond des toilettes, derrière la porte rouge toujours ouverte – c'est Louis qui m'en avait parlé.

On s'était donc retrouvés à la Cave en fin d'après-midi. Le spectroscope reposait de nouveau sous son drap, bien caché derrière le bric-à-brac des meubles scolaires, et Gaby avait embarqué ses sculptures en bois brûlé et sa tente de culture.

En arrivant, Andreas a reniflé en s'exclamant :

– Putain, on est pas les prem's à se camer ici ! C't'enculé de Louis, il m'en a jamais parlé !

En lui donnant sa dose de spectrine, j'avais mes deux mains gauches toutes moites et tremblantes. J'avais peur qu'il se méfie et prenne la mienne à la place – un placebo, évidemment (sucre et bicarbonate de soude). Mais il était trop content d'avoir gagné ce tour gratuit et a sniffé sa part sans hésitation.

En attendant que ça fasse effet, il a bitché sur Gaby – et je n'ai pas eu à beaucoup me forcer pour abonder dans son sens. Il était dég' de pas avoir eu l'idée de la photo lui-même (est-ce que c'était une ruse pour se disculper ?).

Bientôt, ses yeux sont devenus vitreux, et j'ai fait ce que j'ai pu pour vitrifier les miens, jetant tout de même quelques coups d'œil discrets vers lui pour voir où il en était. Selon toute apparence, il avait largué la dernière amarre qui le reliait à la terre ferme.

J'ai attendu quelques minutes et, comme prévu, je suis allé ouvrir à Gaby, qui m'attendait dans les toilettes les plus proches. On s'est frayé un chemin jusqu'au spectroscope et on y a transporté le corps inerte d'Andreas – inerte à l'exception de grands sourires béats. J'avais peur qu'il se réveille, mais d'après Gaby, la spectrine plongeait dans une sorte de coma hallucinatoire très profond.

Une fois Andreas sur le siège, on lui a mis des bouchons d'oreille et on lui a ôté tout ce qu'il avait de métallique. Puis Gaby a démarré la spectroscopie et la machine s'est mise à cureter les derniers neurones qui tapissaient le crâne de notre suspect.

Le curetage terminé, on n'a pas pu s'empêcher d'aller tout de suite voir ce que ça avait donné – vingt minutes étaient passées depuis qu'il avait sniffé sa dose, ça devait donc encore nous laisser au moins une demi-heure.

Son dossier ne contenait que quatre spectros. Moins que moi. Alors que je m'étais attendu à une bonne douzaine – et à ce qu'il y tienne toujours le rôle du bourreau. Mais ce n'était pas le cas. Il n'avait que de la gueule. Pour parler, pour se la ramener, pour enchaîner les insultes racistes ou sexistes, il était le meilleur, mais après, pour passer à l'acte... En fait, il souffrait essentiellement de spectres de victime. J'étais déçu.

En quatrième position, il y avait sa spectro de naissance. Puis, la scène de baston avec Gaby. Il y mettait du sien, certes, mais, de l'avis de la principale intéressée, c'était quand même plutôt lui, la victime. Ensuite, quelqu'un qui était peut-être son père le giflait violemment. Et enfin, pour son spectre le plus traumatisant, des garçons du collège lui crachaient dessus.

À n'y rien comprendre. Il avait bien changé depuis. Il s'était endurci. Est-ce qu'il se préparait pour la métamorphose qui ferait de lui un bourreau authentique ? Est-ce que la larve de monstre en lui grandissait ? Je pensais aussi à ce que disait Isha dans sa note confidentielle : en attendant de passer aux grands traumas, Andreas se faisait peut-être la main sur les petites violences du quotidien.

En tout cas, pas l'ombre d'une spectro l'incriminant pour la photo...

À la fin de notre visionnage, Gaby m'a regardé d'un drôle d'air.

– Ça y est, c'est reparti ! je lui ai dit. Du coup, ça ne peut être que moi, c'est ça ?

Elle a haussé les épaules et, en silence, on s'est dépêchés de détacher Andreas et de tout remettre en ordre.

Quand il s'est réveillé, j'ai fait mine de dormir encore, puis de reprendre conscience peu après lui. Pour adoucir la descente, Gaby avait aussi acheté à Louis du spectrocide. On en a avalé un comprimé chacun et, bientôt, on est remontés dans la cour, l'un après l'autre, pour ne pas éveiller les soupçons.

chapitre 17

Gaby m'a accordé le bénéfice du doute, mais à une condition : que je continue à l'aider à trouver le coupable. On pensait notamment à Louis, qui avait fourni spectrine et spectrocide le fameux vendredi. Mais il était trop grand et baraque pour pouvoir porter ma parka.

Alors qui ?

En attendant, quand je retrouvais Gaby à la Cave, elle fumait toujours plus, sûrement pour supporter le harcèlement qu'elle subissait, dans la vie réelle, mais aussi sur les réseaux sociaux, où les plus mesquins se lâchaient.

Pour passer ses nerfs sur moi, elle m'a prescrit de nouvelles séances de spectrothérapie et, comme je m'y attendais, ça n'a servi qu'à m'enfoncer davantage dans mon syndrome de stress post-monstre primal. À force de me questionner sur mes rêves, j'en faisais toutes les nuits, et c'étaient des cauchemars.

Alors, pour en finir, je lui ai annoncé que c'était bon, j'étais guéri, plus besoin de séance : la preuve, j'allais essayer d'en savoir plus sur ma spectro primitive, interroger ma mère. Sceptique, Gaby a concédé que j'étais libre d'interrompre mon analyse quand je le souhaitais. C'était à moi de voir, mais à son humble avis, j'avais encore beaucoup de chemin à parcourir.

Quand j'ai demandé à Martha si elle avait déjà eu les cheveux courts, elle m'a répondu par la négative, ajoutant que ça ne lui irait pas du tout.

C'était bien ce que je pensais : j'avais du mal à l'imaginer sans son brushing, qui lui faisait comme un casque, une perruque Playmobil.

Donc, soit c'était un souvenir déformé, soit… mon père avait trompé ma mère ! Chez nous, dans le lit conjugal !

Si c'était le cas, je n'en revenais pas qu'il n'ait pas pris plus de précautions pour m'éviter cette scène. En plus, statistiquement, pour que je le surprenne comme je l'avais surpris, dans les bras et la bouche d'une autre, c'est que ça avait dû arriver plus d'une fois.

D'après Gaby, quand je lui ai rapporté la réponse de ma mère, la tromperie pouvait expliquer la deuxième position de la spectro, avant même l'accident de voiture. Elle m'a encouragé à aller plus loin, à enquêter pour savoir s'il la trompait encore – et à enquêter aussi dans ma tête, pour mieux comprendre pourquoi j'avais si peur de la vérité, peur au point d'avoir tout refoulé.

J'ai coupé court. Ça m'agaçait qu'elle fasse sa psy et qu'elle me pousse à mener mon enquête parce que la sienne piétinait. Des fois, il fallait juste savoir tourner la page. C'était leur problème, après tout, si mes parents se trompaient.

Pour penser à autre chose, je ne fumais pas comme Gaby, je zonais plutôt sur Internet, à zapper sur plein de sites, et à chercher partout ces chaussures qui m'étaient passées sous le nez. Je me rendais compte que c'était maladif, mais je ne pouvais pas faire autrement. Et j'ai fini par les trouver, mais une taille en dessous. Au pire, je plierais un peu les orteils, « ça me ferait les pieds », comme disait ma mère.

Avec Laure, sinon, je me déridais au fil des jours, mais on ne se voyait pas beaucoup. Pendant la semaine, studieuse et bonne élève, elle n'avait pas de temps à perdre avec moi. En plus, j'avais compris la leçon et je ne l'appelais plus tous les jours. On n'avait toujours pas fait l'amour et je rongeais mon frein. À chaque fois que l'occasion se présentait, elle protestait qu'elle n'était pas prête, qu'elle ne voulait pas « bâtir notre relation sur du sable ». J'essuyais ses refus comme un affront. Je lui en voulais.

Un dimanche, on est allés tous les deux à la plage pour profiter des derniers beaux jours avant l'hiver. Elle est venue me chercher en scooter et je suis monté derrière. J'aurais préféré que ce soit le contraire, ça blessait ma virilité de m'accrocher à elle comme une jeune vierge amoureuse d'un motard – et en même temps, il n'y avait peut-être pas grand-chose à blesser, dans l'histoire.

La marée était descendante. On a divagué sur les dunes. Laure m'a expliqué plein de choses sur la faune et la flore du coin, sur les laisses de mer (ce que laissait la mer avant de refluer), sur le danger des algues vertes – il n'y en avait pas autant qu'en Bretagne, mais depuis quelques années, elles proliféraient aussi en Normandie, à cause des élevages de porcs : le nitrate des déjections favorisait leur apparition, et leur accumulation sur les plages dégageait un gaz toxique. Elle m'a montré des photos de sangliers morts sur son portable, et il y avait des suspicions de victimes humaines.

Mais je n'écoutais que d'une oreille. Je ne pensais qu'à une chose : l'entraîner progressivement vers le blockhaus pour y faire l'amour. Au fur et à mesure de notre balade, c'était devenu une obsession. Je n'allais pas tenir le coup une heure de plus. Le pire, c'est quand elle remettait son épais chignon en place, dévoilant son cou si beau, si doux, si odorant – j'allais me jeter dessus pour y planter mes dents.

Pour faire mine que j'étais un artiste détaché de toute pulsion sexuelle, je prenais des photos d'un peu tout ce qu'elle me montrait – et puis d'elle-même, sans lui demander, pour gagner en naturel. Je devais faire vite parce que, timide, elle se détournait rapidement de l'objectif. L'air de rien, tout en me concentrant pour participer à la conversation, je l'ai conduite pas à pas, par cercles concentriques, jusqu'au blockhaus, que j'ai aussi pris en photo – le parfait touriste mitraillant tous les monuments qui se trouvent sur son passage.

C'était comme un bouton d'acné en béton, nous rappelant que même les paysages les plus idylliques pouvaient receler le souvenir d'une guerre prête à recommencer. Il avait quelque chose d'à la fois préhistorique et posthumain – un dolmen du futur.

Pour voir, comme on visite une église qui apparaît au coin d'une rue, j'ai entraîné Laure à l'intérieur. Il fallait dévaler quelques marches afin de pénétrer sous le dôme. À travers la meurtrière horizontale, le coucher de soleil coagulait sur la mer. Des bécasseaux couraient devant les vagues pour se nourrir, puis s'enfuyaient à leur approche.

On s'est accoudés à la meurtrière, je lui ai passé le bras sous l'épaule, comme dans les films hollywoodiens. Et je l'ai embrassée. Puis caressée. D'abord par-dessus ses vêtements, et ensuite en dessous, soulevant sa chemise derrière son dos, puis sa jupe et sa culotte, pour atteindre les fesses. Elle s'est laissé faire, au début, avant de remonter ma main.

Moi, plutôt que d'arrêter là, j'ai fait en sorte qu'on s'allonge et j'ai passé la main entre les boutons de sa chemise pour caresser ses seins. Peut-être que les fesses, non, mais les seins, oui ? Peut-être qu'il fallait quand même un peu insister en général ? Je ne savais pas trop si ça se faisait ou non. J'avais déjà couché avec une fille mais je n'avais pas eu à me poser la question. Et on ne parlait pas de ça à la maison : de sexe, oui, mais pas de consentement.

Là encore, Laure m'a ôté la main de sous son soutien-gorge.

– Je préfère pas, elle m'a dit, doucement, comme en s'excusant.

Alors, je me suis juste remis à me frotter à elle tout en l'embrassant, mais je la sentais se raidir de plus en plus – et pas du tout dans le même sens où moi, je me raidissais…

Si elle refusait qu'on fasse l'amour, c'est qu'elle ne m'aimait pas – alors qu'elle le devait !

En panique, j'ai tenté le tout pour le tout, la caressant brusquement tout en essayant de lui descendre jupe et culotte.

Elle n'a plus bougé du tout. Elle était comme clouée.

Pendant quelques secondes, j'ai continué, cherchant autant à lui faire du mal qu'à me faire du bien – je voulais la punir de se refuser à moi.

Mais soudain, j'ai eu un flash, un nouveau flash du monstre, de son miroir tendu, de mon visage s'y reflétant. Puis je me suis vu baisser la culotte de Laure exactement comme on avait baissé celle de Gaby, sur sa spectro – et je me suis rendu compte de ce que j'étais en train de faire.

J'ai tout arrêté et je me suis relevé, la laissant se relever à son tour, s'épousseter, comme pour enlever à la fois le sable qu'elle avait sur la jupe et le souvenir cuisant de mes mains sur son corps.

Je tremblais, de honte et de colère. Je ne savais plus où me mettre, plus quoi penser. Je n'osais pas la regarder. Je songeais à m'excuser, mais l'instant d'après, je remâchais des reproches, je méditais des insultes.

Elle, sans rien dire, a reculé jusqu'aux marches pour remonter à l'air libre. Je l'ai suivie sur la plage et, comme elle pressait le pas, j'ai couru pour la rattraper.

– Attends ! je lui ai dit en lui saisissant le bras.

Elle s'est dégagée violemment comme si une guêpe l'avait piquée, et elle m'a dit, les larmes aux yeux :

– Ne me touche pas ! Plus jamais !

Je n'ai pas insisté. J'avais déjà suffisamment insisté comme ça.

Elle, elle a rejoint son scooter garé sur le parking de la plage et, sans se retourner, elle a démarré, accéléré, disparaissant bientôt à l'horizon comme un mirage.

Hagard, j'ai tenté à mon tour de rejoindre la route, mais mes pas s'enfonçaient dans les dunes comme dans du sable mouvant. Tout était devenu lourd, tout m'aspirait vers le bas. Mon histoire avec Laure me repassait dans la tête en accéléré. À chaque fois qu'elle m'avait laissé une chance, j'avais tout fait pour que ce soit la dernière. Et j'étais enfin arrivé à mes fins.

Le vent venu de la mer m'assourdissait, m'étourdissait. Ça sentait les embruns, le sperme, ça me narguait. J'avais peur, peur de moi-même, et peur de Laure. Et si elle allait… en parler aux autres, à Gaby ? Je me détestais de penser à ça – mais je détestais aussi Laure. Tout ça, c'était à cause d'elle, non ?

Arrivé sur la route, je me suis perdu dans le labyrinthe des rues et de mes pensées, cherchant finalement mon chemin sur le GPS de mon iPhone. J'en avais pour une heure de marche environ. Ça me ferait les pieds.

Tout en avançant, je n'arrêtais pas de faire et de défaire le SMS que je comptais envoyer à Laure. Je cherchais mes mots, et ce n'étaient jamais les bons.

Finalement, j'en suis arrivé à cette dernière version : *Je m'en veux, mais je sais que ça n'excuse rien. J'espère que tu me pardonneras un jour.*

Mais au moment de l'envoyer, je me suis repris : c'était sa faute, aussi ! Elle me faisait passer pour le bourreau, mais j'étais aussi et surtout une victime dans cette histoire ! Ce n'était pas humain, de m'avoir fait espérer en vain ! Je n'allais pas en plus m'excuser ! C'était plutôt à elle de le faire, putain !

chapitre 18

Ma décision prise, je ne me suis pas senti mieux pour autant et tout le reste du dimanche, j'ai tourné en rond dans Saint-Lazare, puis dans ma chambre. Je m'insultais et j'insultais Laure, en boucle. J'étais trop con ! Non, c'est elle qui était trop conne !

La nuit, j'ai encore rêvé de mon monstre. Parfois, c'était mon père avec ma mère, ou avec l'autre, et d'autres fois, c'était moi-même avec Laure, ou avec Gaby, et ça continuait ainsi à se métamorphoser jusqu'à ce que je ne puisse plus savoir qui était qui.

Le lendemain matin, il s'est remis à pleuvoir, comme par hasard – un nouveau signe que Dieu existait, mais qu'il ne nous voulait pas que du bien.

J'ai troqué mes Persol contre ma parka et je me suis traîné jusqu'au lycée.

Sur le chemin, des bouffées du parfum de Laure me sont montées aux narines – et jusqu'aux yeux, que j'avais soudain tout rouges en pensant à elle. C'était comme si j'avais attrapé un rhume des foins à retardement, ou effeuillé un oignon (« Elle me déteste un peu, beaucoup, passionnément… »). J'espérais que ça se tarirait avant d'arriver à Laplace.

Ça s'est tari, oui, mais parce que j'ai soudain réalisé quelque chose…

Au début, je me suis dit que c'était normal : la dernière fois que j'avais porté ce manteau, j'étais encore avec Laure ; à force de nous serrer, nous embrasser, son odeur avait dû imprégner mes affaires. Sauf qu'on ne se serrait, ni ne s'embrassait presque jamais. Et ça ne me l'avait fait avec aucun autre de mes vêtements. En fait, la parka ne sentait pas de l'extérieur, mais de l'intérieur, au niveau du col et de la capuche, surtout – et c'était bien le parfum de Laure, reconnaissable entre tous (elle m'avait dit qu'il s'appelait Blanc Verger).

Non, je me faisais des idées ! C'était mon envie de vengeance qui parlait. Comment Laure aurait-elle pu prendre la photo de Gaby ?! L'humilier sur les réseaux sociaux ?! Ça ne tenait pas une seconde. Ou alors, j'avais manqué un épisode, toute une saison. Laure était la fille la plus pacifique que je connaissais. Elle n'avait littéralement jamais fait de mal à une mouche.

Mais à moi ? Elle m'avait bien blessé, moi ! Non ?

Dans la cour, je l'ai aperçue qui discutait avec Gaby. Ses cernes étaient plus gros que les miens. Nos regards se sont croisés, elle ne me regardait pas d'un air violent mais plutôt triste. Et Gaby ne semblait pas non plus sur le sentier de la guerre. Elle ne devait pas être au courant des détails de notre rupture.

Car c'étaient juste des détails, n'est-ce pas ?

Quand je me suis approché pour leur taper la bise, Laure m'a fait un signe de tête et puis elle est partie.

– Pas question ! m'a dit Gaby, après son départ.

J'ai froncé les sourcils à son exemple.

– Pas question de quoi ? Je ne t'ai rien demandé.

– Pas question de t'arranger le coup une seconde fois ! Qu'est-ce que tu lui as fait ?

J'ai baissé les yeux, honteux, miteux.

– Rien ! j'ai menti. Qu'est-ce qu'elle t'a raconté ?

– Que vous aviez rompu, d'un commun accord, mais vu son état, je me dis que t'as des choses à te reprocher.

Laure aurait pu tout révéler à son amie, m'accabler, mais elle m'avait épargné. Je me sentais d'autant plus nul que je m'apprêtais à l'accabler moi-même…

J'ai haussé les épaules. Je brûlais d'envie de me confier à Gaby, mais mon humiliation était plus brûlante encore. J'étais trop peu sûr de ce que je devais penser de mon comportement, et trop sûr de ce qu'allait en penser Gaby.

Non, la meilleure défense, c'était l'attaque :

– Je te raconterai, je lui ai dit, mais je voulais surtout te parler d'autre chose, d'abord.

En préambule, je lui ai fait sentir l'intérieur de ma parka, au niveau du col et de la capuche. Elle a admis que ça fruitait bon Laure, et je lui ai déroulé le fil de mes déductions.

De ses yeux métalliques elle a jeté une sonde dans les miens, râclant profond à la recherche de mes arrière-pensées, puis elle a dit :

– C’est pour ça que vous avez rompu ?

– Non, pas du tout. Pour la parka, je viens juste de m’en rendre compte.

Pour une fois que je lui disais la vérité, aujourd’hui…

– Tu veux te venger d’elle alors ? Qu’est-ce qu’elle t’a fait ?

Elle avait raison… J’aurais dû avoir honte. J’étais en dessous de tout.

– Excuse-moi, je me suis repris, je ne sais pas ce que je dis, je n’arrive plus à penser droit depuis hier.

Avant qu’elle ne fasse vider tout le lac à la recherche du cadavre, je suis vite parti rejoindre ma classe.

chapitre 19

Les jours suivants, Laure m'a évité et j'ai évité Gaby. J'avais peur qu'elle me tire les vers du nez – le ver surtout que j'avais à la place du cerveau et dont j'avais voulu pourrir Laure. De toute façon, j'étais trop déprimé pour parler avec qui que ce soit.

Les vacances de la Toussaint sont arrivées et le temps s'est écoulé comme un sablier sans rien dedans.

J'ai reçu mes baskets. Quoique trop petites à l'intérieur, leur bout bombé les faisait paraître immenses de l'extérieur, si bien que j'avais l'air d'un clown. Mais, au fond, c'était bien ce que j'étais. Un clown triste. Et pervers. C'était parfait.

Je passais mes journées sur les sites de fringues et mes nuits sur les sites de cul. Et ça revenait un peu au même : trop recouvrir ou trop découvrir, tout ça parce qu'on ne supporte plus d'être juste soi-même.

Depuis que Gaby avait ouvert la boîte de Pandore, mes spectres ne me laissaient plus en paix, assiégeant mes nuits de cauchemars toujours plus monstrueux. Il était trop tard pour refermer la boîte. Il n'y avait plus qu'à faire avec, et mener l'enquête jusqu'au bout, comme Gaby m'y poussait.

Un soir, pendant que mes parents regardaient un film dans le salon, j'ai avisé la veste de mon père, suspendue dans l'entrée et, comme il y laissait souvent son smartphone, je lui ai fait les poches.

Il y était. Transpirant, les oreilles à l'affût, j'ai cherché le code, essayé avec ma date d'anniversaire, celle de Martha. Mais c'était la sienne à lui.

Il y avait beaucoup de messages. Avec ma mère. Avec des collègues, pleins, pour le boulot. Et puis avec une meuf… Des émoticônes en pagaille… Des cœurs… Et des sextos : « J'aime ta chatte », « Ta bite me manque »…

Et puis, plus bas, dans la même conversation, elle m'est apparue pour de vrai, en chair (tuméfiée) et en os (caverneux) : la pine de mon père ! En érection ! Il avait envoyé une *dick pic* à son amante !

Elle crevait l'écran, et pourtant, c'était comme si Gwenael avait besoin de s'assurer de son existence, comme s'il n'était pas certain, au fond, d'en avoir vraiment une – peut-être qu'elle ne manquait pas seulement à sa maîtresse, mais aussi à lui-même.

J'avais envie de gerber toute la barbaque du dîner. Je me suis rué dans ma chambre. La tête enfouie dans l'oreiller, je frappais sur mon matelas comme un hystérique (« C'est pas les meufs, c'est les mecs, les plus hystériques », disait Gaby). J'aurais bien pleuré, mais ça restait coincé dans la gorge. Les mots, les insultes avaient du mal à passer, elles arrivaient étranglées, vacillantes, dégoulinantes sur le rebord de mes lèvres.

La semaine a fait vortex : les jours s'enroulaient sur eux-mêmes et m'emportaient avec eux. Ob' ne cessait de se frotter à moi en ronronnant, sentant peut-être que je n'avais plus que lui.

Dans mes cauchemars, désormais, le monstre faisait toutes les positions du kama sutra, avec Laure, avec Gaby, avec ma mère ou avec l'autre, alternativement ou simultanément, comme sur un site porno dont il aurait parasité toutes les catégories : « Monster I'd Like to Fuck », « Sado-Monsterism », « Monster Off Instructions », etc.

chapitre 20

Quelques jours après les vacances, à la sortie des cours, j'ai croisé Gaby qui m'attendait sous le ginkgo, d'un air soucieux – est-ce que Laure avait vidé son sac ?

– Rejoins-moi dans cinq minutes en bas, sans poser de question, elle m'a dit à voix basse (mais quand même autoritaire). Et frappe trois coups à la porte.

Puis elle s'est éclipsée au fond des toilettes.

Je voyais bien qu'il n'était pas question de me dérober. Regardant mon portable pour me donner une contenance, j'ai attendu comme elle a dit. Elle prenait sûrement ces précautions à cause des élèves dans la cour – et pour satisfaire son goût du mélodrame.

Les arbres étaient décharnés. Le sycomore avait largué ses disamares. Les ovules du ginkgo avaient définitivement pourri et n'empestaient plus. Les odeurs hibernaient comme le reste, mais quand on faisait attention, on les sentait là, toutes proches, cristallisées. Quant à la parka, elle ne sentait plus que moi.

Les cinq minutes passées, je suis descendu et j'ai frappé les trois coups à la porte. Gaby m'a ouvert et désigné du menton le lit-canapé, où je me suis assis. Elle avait tout remis en place dans la Cave. Et je retrouvais avec plaisir les fragrances familières : la beuh, le charbon – et la sueur de Gaby, qui avait dû faire un foot sans se doucher ensuite. Ça m'avait manqué. Au fond, le spectroscope hibernait lui aussi sous son drap (et j'espérais que pour lui l'hiver durerait éternellement).

Gaby avait redisposé ses sculptures le long des murs et en avait ajouté une nouvelle : une hache, en bois brûlé bien sûr, et comme plantée dans un bac à sable. Le tout s'intitulait : *La Grande Hache atterrée de l'histoire* (un clin d'œil à une citation de Georges Perec qu'on avait vue en cours : « L'histoire avec sa grande hache »). On ne savait pas trop si elle était en train de pousser hors du sol, comme un arbre, ou si elle s'y enfonçait – ruine bientôt recouverte par le passage du temps.

Gaby s'est assise face à moi sur son pouf oriental.

– Bon, elle a fait, en se renfonçant les lunettes sur le nez, mais sans doigt d'honneur (un bon signe).

Par mimétisme, pour moi aussi faire mon tic, j'ai tendu mon index vers une narine – mais je me suis arrêté à temps. Gaby m'avait bien éduqué.

– J'ai repensé à ce que tu m'as dit, elle a continué. C'était tellement… Je pouvais pas croire que t'étais tombé aussi bas du front. Alors, j'ai rejeté un œil à ma spectro, je me la suis passée au ralenti, et j'ai fini par… tomber sur quelque chose.

Elle a puisé son smartphone dans les bas-fonds de son sac-banane, pour me montrer une capture d'écran de sa spectro. On y voyait son agresseur (ou « agresseuse » ? ça sonnait mal au féminin), le visage toujours caché par la capuche de ma parka.

Comme je ne repérais aucun indice, Gaby a zoomé sur le visage pour me montrer du doigt quelque chose comme un fil ondulé qui dépassait de la capuche.

– Tu crois que ça pourrait être une mèche de ses cheveux, des cheveux de Laure ? elle m'a demandé.

Comme j'avais ma parka sur le dos, je lui ai montré le cordon de ma capuche et j'ai objecté :

– Ça peut aussi bien être ça. On n'y voit presque rien.

– Non, sur la spectro, ça fait comme une boucle, elle a dit en secouant la tête.

Puis elle a repris son smartphone et ajouté :

– Mais pourquoi elle aurait fait ça ?

La question était autant adressée à elle-même qu'à moi.

– Exactement, il n'y a aucune raison !

Maintenant que Gaby avait des doutes, je ne voulais pas avoir l'air de la pousser dans ce sens.

– Il faut qu'on lui parle, elle a repris, que tu lui dises pour la parka, que je lui montre la spectro, la mèche.

J'étais content de voir que je n'avais pas fantasmé mes soupçons, mais en même temps, la confrontation avec Laure m'inquiétait : elle allait mal le prendre, que je la suspecte, et en retour elle m'accuserait de tout ce qu'elle avait à me reprocher – et c'était compréhensible.

Mais ce que Gaby voulait, Tomaz le voulait.

Pour la forme, j'ai tout de même fait non de la tête. Elle n'en a pas tenu compte et m'a donné rendez-vous le lendemain en compagnie de Laure.

Mais avant que j'atteigne la porte, elle m'a rappelé pour me demander où j'en étais avec mes parents.

J'avais prévu de me la fermer, mais ça ne servait à rien de résister. Et puis, comme ça, je ne lui mentais pas sur toute la ligne.

Je lui ai raconté les sextos, la *dick pic*. Elle a refait la mine dégoûtée et compatissante qu'elle avait eue pendant le visionnage de ma spectro primitive, et elle en a conclu que je devais absolument en parler à ma mère.

– Euh… Mauvaise idée ! j'ai répondu.

– De quoi t'as peur ? C'est pas la mer à boire cul sec !

– Non, mais moi, j'aurais préféré ne rien savoir !

Elle a ri et fait le geste de passer le balai.

– Tu trouves que je cache trop la poussière sous le tapis, c'est ça ?

– Oui, et j'aimerais que tu débarrasses le plancher des vaches, aussi !

J'ai soupiré. Fallait que je lui donne une bonne raison – et que je m'en donne une à moi-même.

– Si j'en parle à ma mère, elle pourrait… Je ne sais pas, divorcer déjà !

– Et alors ? S'ils s'aiment pas, c'est peut-être la solution, non ?

Je n'avais rien à lui répondre. Elle n'avait pas tort. Mais j'avais la peur irrationnelle que ce soit encore pire pour ma mère, qu'elle fasse une dépression, une bêtise, qu'elle « attrape la mort », comme elle disait.

Je suis remonté à l'air libre, triste que ce ne soit plus comme avant avec Gaby. Il y avait une gêne entre nous, sûrement due à mes mensonges, à ce que je lui cachais. À peine je me rendais compte de notre amitié qu'elle était déjà presque terminée, ne battant plus que d'une seule aile.

chapitre 21

La nuit suivante, j'ai rêvé que le monstre m'attaquait. Le tout était d'éviter qu'il m'aspire le visage, puis le reste, avec sa trompe – ou bien qu'il ne pénètre en moi par la bouche ? Je parvenais à couper sa trompe avec un des couteaux japonais de mon père, mais deux autres poussaient à la place, comme pour l'hydre de Lerne. Alors, je m'enfuyais, mais je trébuchais, et le monstre me sautait dessus.

C'était peut-être un avertissement. Est-ce que Gaby avait raison ? Est-ce que ça ne servait à rien de fuir ? En SVT, on avait vu que se battre ou s'enfuir, *fight or flight*, étaient les deux réactions primaires face au danger – est-ce que je devais partir à la recherche d'une troisième voie ? Est-ce que cette troisième voie était la recherche elle-même, l'enquête ?

Pour me rattraper un peu avec Gaby, je me suis promis de parler à ma mère comme elle me le conseillait. De toute façon, j'étais au milieu du gué, j'en avais trop fait ou pas assez, je devais me jeter à l'eau.

Le soir, comme prévu, elle, Laure et moi, on est descendus l'un après l'autre à la Cave.

Pour l'heure, Laure me toisait juste d'un air indifférent. Ça me blessait. L'impression d'être transparent pour elle. J'aurais préféré qu'elle me crible du regard, comme Gaby savait le faire. Mais qu'est-ce que je cherchais ? À être toujours le centre de l'attention, même pour les pires raisons ?

Gaby a gratifié son amie d'une visite guidée des plus belles pièces de sa collection, puis elles se sont assises sur le lit-canapé, et moi sur le pouf – je gardais mes distances, en prévision des révélations à venir.

Le parfum de Laure me tournait autour sans que je puisse y croquer, estompé par les autres odeurs de la Cave.

– Bon, vous m'expliquez ce que je fais là ? elle a dit, tandis qu'on faisait durer le suspense.

Réticente, Gaby m'interrogeait du regard pour que je commence, mais je lui répondais du mien qu'il n'en était pas question.

– J'ai compris, a repris Laure en attendant qu'on se décide, vous voulez me demander mon accord pour sortir ensemble, c'est ça ?

Gaby et moi, on a pris la couleur et les grands yeux ronds de son totem en bois brûlé. Moi avec Gaby ? Autant marier le colonel Custer avec Sitting Bull… Pour le coup, Laure ne valait pas sa copine dans le rôle d'entremetteuse.

Elle a rougi à son tour, comprenant qu'elle était loin du compte. Et Gaby s'est dépêchée de démentir en sautant le pas : elle lui a résumé tous les épisodes précédents, lui désignant le spectroscope sous son voile, caché au fond de la Cave, et lui montrant la spectro de l'agression.

Au départ incrédule, Laure a dû se rendre à l'évidence et, reconnaissant sur la vidéo la parka du coupable, elle s'est exclamée :

– Alors, c'était toi, Tomaz !

Elle n'était pas si étonnée, me toisant même d'un air entendu – on savait bien tous les deux de quoi j'étais capable.

Puis, Gaby m'a fait signe de continuer : c'était à moi d'assumer les soupçons que j'avais éveillés en elle. Louvoyant du regard pour éviter celui de Laure, je lui ai raconté la suite : ma propre spectroscopie, celle d'Andreas, censées nous disculper – et puis ma découverte de son parfum à l'intérieur de ma parka…

Arrivé à cet épisode, j'ai fermé les yeux dans l'attente de sa réaction.

D'abord, un grand silence, et puis un grand rire jaune.

– Hallucinant ! elle a enchaîné. Il faut le voir pour le croire ! Tu m'accuses, moi, c'est ça ?

J'ai fait un petit geste de la tête qui pouvait tout aussi bien vouloir dire « oui » que « non ». Je n'osais pas confirmer. Je n'assumais pas.

Elle a encore ri jaune et ajouté :

– Tu ne l'emporteras pas au paradis !

Puis, se tournant vers Gaby, qui ne disait mot (et donc consentait ?), elle s'est exclamée :

– Et toi, tu le crois ? Ou tu t'en laves les mains ? Rien que parce que ça sent mon parfum ? On le trouve partout dans le commerce, je te signale. En plus, il connaissait très bien la marque, je la lui avais dite.

Ne tenant plus en place, elle s'est levée d'un coup. Elle a refait son chignon, me dévoilant son cou – ce cou dans lequel j'avais fini par planter mes crocs.

Bien que gênée, Gaby ne s'est pas contentée d'un signe de tête. Elle s'est expliquée, la mort dans l'âme : non, elle ne m'avait pas cru, au début, mais elle était tombée sur la boucle, en se repassant la spectro, et maintenant, elle ne savait plus.

En même temps, elle lui a montré l'arrêt sur images concerné.

– Et c'est à cause de ça que tu me suspectes ? a réagi Laure. Un petit bout de cheveux ? Et dans une vidéo bidon, une vidéo de l'intérieur de ton cerveau ?

Elle marchait de long en large, comme une martyre dans la fosse aux lions. Des larmes faisaient aussi les cent pas sur le rebord de ses paupières.

Je n'en menais pas large, mais Gaby non plus : je regardais mes pieds, mes baskets de clown de luxe ; elle implorait du regard ses sculptures bois-brûlées, sa *Mine de charbon déconfite*, à la recherche d'un peu de soutien. On s'en voulait déjà de l'avoir suspectée.

– Et pourquoi j'aurais fait ça ?! elle a continué. Pourquoi je t'aurais fait ça, à toi ?!

– J'en sais rien, a répondu Gaby. C'est sûrement pas toi. Mais voilà, je pense qu'à ça, je vois plus que ça : la mèche.

La mèche avait mis le feu aux poudres. Machinalement, Laure s'en est remis une derrière l'oreille.

– Ce n'est pas moi ! T'es contente ?

– Il y a qu'une solution pour être sûrs, a enchaîné Gaby en serrant les dents pour ne pas s'effondrer.

Comme je m'y attendais, elle voulait spectroscopier Laure, qui a refusé. Mais elle lui a fait le coup de lui laisser un jour pour réfléchir : si elle refusait encore, Gaby accepterait, mais elle ne pourrait plus lui faire confiance à l'avenir.

Avant de s'en aller, ma souffre-douleur m'a conseillé de regarder la poutre que j'avais dans l'œil plutôt que la paille dans l'œil de ma voisine.

Jusqu'au bout, j'avais attendu le moment de sa vengeance, quand elle cracherait le morceau sur mon cas, mais elle nous a quittés sans en dire plus.

chapitre 22

Le soir, c'était jour de représentation pour mon père. Ma mère et moi, on s'est préparé à manger tous les deux, sans Gwenael sur notre dos pour nous stresser parce qu'on ne faisait pas comme il fallait. C'était impossible de cuisiner avec lui – trop directif et psychorigide, trop hystérique.

Si je voulais parler à ma mère, c'était le moment ou jamais. Mais arrivé au bord du plongeoir, j'hésitais à me lancer, j'avais peur de lui faire trop de mal, qu'elle ne s'en remette pas. Gaby allait m'entendre si on finissait par se noyer dans toute la merde qu'elle me pressait de remuer !

On allait concocter un bœuf bourguignon – avec plus de légumes et moins de viande que ne le faisait mon père. J'ai enfilé mon tablier pour l'aider à couper les ingrédients : les carottes de lapine, les oignons qui me faisaient pleurer. D'habitude, la cuisine, ça me vidait les yeux et la tête. Sauf que là, je pensais trop à mon père, j'avais des flashs de la spectro primitive, du monstre primal, de la *dick pic* – et pas des flashs aveuglants, des flashs qui montraient tout ce que je ne voulais pas voir.

Je coupais, je coupais, me mouchant et m'essuyant les yeux à cause des oignons. Une seconde, j'ai flirté avec l'idée de me trancher un bout de pouce, comme ça, pour voir, ne plus penser à rien qu'à cette douleur claire, nette et précise, sans ambiguïté.

Non, ça ne suffirait pas. Alors, j'ai inspiré un grand coup et je lui ai parlé des sextos, sans entrer dans les détails de la *dick pic*. Tant que j'y étais, je lui ai même raconté la fois où je l'avais surpris avec une autre.

Elle a continué à remuer les légumes et la viande en train de griller avec un peu de farine au fond de la cocotte et, imperturbable, elle m'a dit :

– Tu sais, vous, les hommes, vous avez plus de besoins que nous.

« Vous, les hommes » ? Je me suis mis à trembler. J'avais envie…

De la frapper ? Vraiment ?! Elle avait raison : j'étais bien un des leurs, violent même avec celle que je voulais protéger de leur violence…

– C'est drôle à dire, elle a continué, mais je sais qu'elles ne comptent pas vraiment, ses putes du théâtre. Je serai toujours sa femme. C'est plus fort, ce qui nous lie.

« Sa femme » ?! C'était une expression que Gaby détestait.

Je ne tenais plus en place. Si je ne la frappais pas elle, il fallait que je frappe dans quelque chose. Ou que je frappe mon père ? Mais est-ce que j'en avais le courage ? Et est-ce que c'était vraiment la chose à faire ?

Comme Ob' en était encore à se frotter à mes pieds, j'ai été pris de l'envie de lui mettre un coup à lui, et puis, me réfrénant au dernier moment, je l'ai plutôt pris dans mes bras. J'avais besoin de son corps chaud, de sa fidélité à toute épreuve, de son indéfectible ronronnement.

– Tu comprendras, quand tu seras plus grand, a continué Martha. C'est ça, un couple. Il faut savoir faire des compromis. La vie n'est pas une sinécure.

Et sans jamais me regarder dans les yeux, elle remuait, toujours et encore, pour que rien n'accroche au fond.

– Mais surtout ne lui dis pas ce que tu as fait, elle a conclu.

Ce que j'avais fait, moi ?! Et ce qu'il avait fait, lui ?!

– Pourquoi ?

– C'est quelque chose qui nous concerne nous, pas toi. Ce ne sont pas tes oignons. Chacun son rôle dans une famille. Et les vaches seront bien gardées.

Elle s'échauffait. On aurait dit que c'était moi qui l'avais trompée !

Puis elle a mouillé le bœuf avec le vin, elle a noyé le tout, elle a fait réduire, baissé le feu, recouvert et laissé comme ça. Désormais, il allait falloir que ça mijote. Plus on attendait, plus ça mijotait, et meilleur c'était, à la fin.

chapitre 23

Quand mon père est rentré, on a fait mine de rien le reste de la soirée. Je ne parlais presque plus. Ça me tremblait trop dans le corps, ça me tournait trop dans la tête, et j'avais peur de faire n'importe quoi si j'extériorisais.

C'était peut-être normal, cette histoire de tromperies ? Mais ça me mettait tellement mal d'imaginer Gwenael avec une autre ou plusieurs autres, alors que ma mère était bien plus belle et jeune que lui – et, surtout, bien plus sensible et sensée. Comment il pouvait lui faire ça ? J'étais peut-être trop romantique ? Enfin, dans les discours, parce que dans les actes, j'avais déjà couché avec une fille dont je n'étais pas amoureux – et celle dont je croyais l'être, eh bien, je l'avais agressée dans un blockhaus.

Martha devait avoir raison. Je comprendrais sûrement mieux quand je serais grand. Et puis, si elle acceptait que son mari la trompe, qu'est-ce que j'avais à dire ? Ce n'étaient pas « mes oignons ».

Le repas terminé, on a débarrassé et, comme ma mère faisait la vaisselle, Gwenael s'est approché d'elle pour lui mettre la main aux fesses – il le faisait souvent, je croyais que c'était normal dans un couple, mais ces derniers temps, ça me dérangeait de plus en plus.

Puis il a saisi la bouteille qu'elle avait rangée, pour nous en resservir un grand verre à tous les deux.

On parlait désir, sexualité, et il était intarissable sur le sujet, surtout quand il avait trop bu. Je dis « on parlait », mais c'est lui qui parlait, et moi j'écoutais, et ça lui allait très bien. Chacun son rôle dans une famille. Et les vaches seraient bien gardées.

Pour me choquer, peut-être pour nous provoquer dans notre soi-disant bien-pensance à Martha et à moi, il s'est mis à disserter une fois de plus sur la sexualité des ados, voire des enfants. Eux aussi avaient des désirs, des pulsions sexuelles – et il en avait déjà été le témoin ! Et même la victime ! Plusieurs fois, il avait assisté aux jeux de séduction de très jeunes filles à son égard, dans les ateliers théâtre qu'il animait, par exemple. Et il n'y était lui-même pour rien ! Freud l'avait bien compris, que les enfants étaient des pervers polymorphes, mais aujourd'hui, c'était le grand retour en arrière de l'ordre moral ! Ils étaient tous censés être des anges innocents !

Est-ce que c'était à une de ces jeunes filles qu'il avait envoyé ses sextos, sa *dick pic* ? Jeune comment ?

Je l'avais souvent entendu, son laïus. Mais cette fois, il me dégoûtait. Et je me dégoûtais moi aussi, car au lieu de lui rentrer dans le lard, je l'écoutais en souriant, complice, me mordant la lèvre pour me calmer. J'avais trop peur de sa réaction si je m'emportais. Et de la mienne aussi : d'aller trop loin, de le regretter ensuite.

Quand ma mère a terminé de faire la vaisselle, elle s'est rabattue sur la bouteille et nos verres, pour les débarrasser de nouveau – il se faisait tard, j'avais cours le lendemain. Mais Gwenael l'a arrêtée en lui prenant le bras :

– Tu ne vois pas qu'on n'a pas fini ?

Elle a remué du nez – sa façon à elle de se mordre la lèvre, et en retirant sa main, elle a répondu, diplomate :

– Vous faites comme vous voulez. Moi, je monte me coucher.

J'y serais bien allé moi aussi, mais Gwenael savait y faire pour qu'on continue à l'écouter jusqu'à plus soif, jusqu'au déluge.

Cette nuit-là, j'ai encore rêvé du monstre. Je l'attaquais, j'essayais de l'immobiliser, mais il gigotait de partout, et ses tentacules visqueux me glissaient entre les mains. À force, je parvenais tout de même à le maîtriser, mais alors, il se transformait en Laure ! Je mettais un moment à comprendre, à la relâcher – et je m'apercevais que j'étais moi-même devenu le monstre : j'avais les deux bras comme des tentacules et, honteux, je ne savais plus où mettre ma trompe.

Impossible de me rendormir ensuite. J'étais trop mal. Je ne pouvais m'empêcher d'en vouloir à Gaby.

Plus je l'écoutais, plus je faisais comme elle disait, moins ça allait.

Quand je l'ai croisée le lendemain, elle m'a appris que Laure avait accepté de se faire prendre en spectro en fin d'après-midi, mais qu'elle refusait que je sois là.

Sinon, je lui ai raconté ce qui s'était passé la veille au soir, en insistant bien sur le fait qu'elle s'était mis un doigt dans l'œil, et dans le mien, en croyant que ça arrangerait quoi que ce soit. Tout avait empiré. Mais elle m'a répondu que c'était très bien, que les choses avançaient, qu'il ne me restait plus qu'une dernière étape : dire à mon père ce que j'avais sur le cœur.

Le tout au lieu de s'excuser pour ses mauvais conseils !

Comme prévu, elle m'a appelé ce soir-là pour me tenir au courant : la spectroscopie de Laure s'était bien passée, mais il n'y avait aucune spectro dans son dossier !

Je m'étais donc trompé – avec un parfum, on n'était jamais sûr de rien, c'était trop volatil, trop volage. Gaby était remontée contre moi. Je l'avais induite en erreur, accusant faussement sa meilleure amie, et lui instillant à elle-même le doute, comme un mauvais génie.

Elle a vite raccroché. Et j'aurais bien aimé pouvoir me raccrocher moi-même au nez. Comme elle, j'en avais marre de ma personne.

chapitre 24

Du temps a passé. Chaque matin, l'hiver ôtait un degré au thermomètre tandis que j'ôtais un nouveau bouton d'acné à mon visage en pleine éruption cutanée. Le dehors finissait par refléter le dedans. Le monstre que j'avais en moi remontait à la surface de mon visage, à la surface de mon miroir, mon beau miroir.

Les regards de Laure, quand j'avais le malheur de les intercepter, m'envoyaient brûler en enfer sans passer par la case purgatoire. Et on ne traînait plus beaucoup ensemble, avec Gaby. Elle devait me soupçonner à la fois pour son agression, et pour ma « poutre dans l'œil », quel que soit le méfait qu'elle dissimulait. Et puis, il fallait bien que Gaby choisisse entre Laure et moi, parce qu'il n'était pas question pour mon ex-ex-ex de traîner avec moi. Alors, sororité et *girl power* obligent, elle avait choisi sa copine.

Deux ou trois semaines plus tard, cependant, elle m'a entraîné dans un coin où personne ne pouvait nous entendre et, l'air préoccupé, tendu, remettant plusieurs fois ses lunettes sur son nez, elle m'a dit :

– J'ai cherché partout dans les notes de mon père et nulle part il ne dit qu'il y a des exceptions pour la spectro de naissance.

– Et alors ? je lui ai demandé, ne comprenant pas bien en quoi c'était aussi grave.

Elle a soupiré, agacée que je sois si lent à la détente. Ah, les mecs !

– Laure ! elle s'est exclamée. Elle devrait au moins avoir une spectro de naissance. On en a tous une, *a priori*.

Je ne voyais toujours pas le problème, mais je lui ai quand même répondu, pour lui montrer que je faisais des efforts :

– Peut-être que pour elle, l'accouchement s'est tellement bien passé qu'il n'en est rien resté ? Nous trois, avec Andreas, c'était plus compliqué, donc c'est normal que…

– Rien à voir ! elle s'est exclamée, à bout. Puisque je te dis qu'il n'y a pas que nous dans ce cas, mais tout le monde, toutes les personnes que le labo de mon père a pu prendre en spectro !

Elle bougeait dans tous les sens, survoltée, elle n'avait pas dû faire son sport de la journée. Et puis, il faisait froid. Moi-même, je dansais d'un pied sur l'autre pour me réchauffer et, en ouvrant la bouche, on ne cessait d'envoyer des signaux de fumée qui se perdaient dans le ciel.

– Tu crois que la machine a un problème ? j'ai enchaîné, stressé de ne pas donner la réponse qu'elle attendait.

– Non, il y aurait des messages d'erreur dans ce cas. Et puis, j'étais là : Laure n'a pas bougé ni rien.

– Je ne sais pas, alors.

– « Je sais pas », « je sais pas », c'est tout ce que tu sais dire !

Il ne me semblait pas l'avoir dit avant. À ce moment-là, Laure est apparue à quelques mètres, attendant son amie, mais sans aucune envie d'approcher davantage.

– On en reparle, a dit Gaby avant de me quitter pour la rejoindre.

De nouveaux jours sont passés sans que je sache quoi faire et sans que Gaby ne m'adresse la parole – elle s'était peut-être fait une raison ? Ou se trouvait idiote d'avoir cru que je pourrais l'aider ?

Un soir de la semaine suivante, ça a été à ma mère, cette fois, de rentrer tard, à cause d'une réunion qui s'éternisait. Quand je suis arrivé à la maison, mon père m'a appelé depuis la cuisine. Il était en train de couper des pavés de saumon pour faire des sushis, tout en sirotant un verre de vin orange. Ça sentait bon le riz rond en pleine cuisson lente. Mais le poisson cru perçait parfois, de son violent fumet iodé, les vapeurs qui s'échappaient du rice cooker.

– Qu'est-ce que j'avais dit, Tomaz ?! il s'est brutalement exclamé, alors que j'entrais dans la pièce.

Il avait le front plissé des mauvais jours. Il ne me regardait pas, mais débitait le saumon en fines lamelles presque translucides au moyen d'un long couteau dévolu à cet usage (on n'avait pas le droit de l'utiliser pour autre chose).

– Je ne comprends pas, je lui ai répondu. Tu veux parler de quoi ?

– Tu le sais bien, il m'a fait, redoublant les plis de son front, et regardant d'un air toujours plus méchant ou soucieux le pavé qu'il découpait.

J'ai avalé ma salive, ma pomme d'Adam. Il voulait parler de ce que j'avais dit à Martha, c'était sûr !

– Non, je te jure ! j'ai tout de même répliqué.

– Viens un peu là ! il s'est exclamé en posant le couteau sur la planche à découper.

Je me suis approché. Il m'a fixé un long moment sans rien dire. À tous les coups, ma mère lui avait parlé. Et, comme elle, il allait me faire la morale, mais en plus flippant. Son front n'était plus qu'une toile de rides prête à engluer sa proie. Je me disais qu'il allait me frapper – ce qu'il n'avait jamais fait auparavant, s'indignant plutôt contre l'autoritarisme et toute cette éducation de l'ancien temps. Dans mes souvenirs spectriques, il n'y avait que ma mère qu'il avait frappée, une fois – une concession à l'ancien temps ?

Il a levé la main droite – le poing plutôt, un poing bien serré. J'ai esquissé un geste pour me protéger.

Et là, soudain, son front s'est entièrement déplissé. Il a continué à lever le bras, mais une main ouverte avait remplacé le poing fermé – une main qu'il m'a posée doucement sur l'épaule tout en éclatant de rire.

– Déride-toi ! il m'a dit brusquement. Je te faisais marcher, c'est tout.

J'aurais presque préféré qu'il me frappe tellement j'étais désorienté.

– Mais pourquoi t'as fait ça ? je lui ai demandé.

– T'aurais vu ta tête ! il s'est exclamé. Est-ce qu'il y a besoin d'une raison pour plaisanter ?

Et il me regardait avec des yeux faussement amusés, et je ne pouvais pas me défaire de l'impression qu'il avait voulu me transmettre un message, un avertissement qui disait : « C'est la première et la dernière fois que tu fouilles dans mes affaires. Si tu recommences, c'est dans tes tripes que je vais fouiller. »

– On vit dans un monde beaucoup trop rationnel, il a continué. La raison nous assèche. Un peu de folie ne fait pas de mal. C'est ce qui vous manque, parfois, à toi et ta mère.

Je n'en revenais toujours pas, j'étais comme hors de mon corps, je regardais la scène du dehors.

– T'as peut-être raison, j'ai dit, mécaniquement, ne sachant pas quoi répondre.

– Bien sûr que j'ai raison ! Allez, bois un coup, il m'a dit en me versant un grand verre.

Et comme Ob' était arrivé pour avoir sa ration de caresses, mon père l'a laissé se frotter quelques minutes avant de l'envoyer valser à l'autre bout de la pièce. Il avait réussi son coup, le frappant juste ce qu'il faut pour pouvoir continuer à jouer avec lui, comme le chat joue lui-même avec la souris.

Je repensais au conseil de Gaby : dire à mon père ce que j'avais sur le cœur ? Il n'en était plus question. Gwenael avait « tranché le nœud gordien », comme disait ma mère.

Je me suis vite réfugié dans ma chambre après le repas. Même emmitouflé dans ma couette, je tremblais. Quelque chose s'était passé sans en avoir l'air. Il y avait des degrés dans les traumatismes comme dans les brûlures. Et mon père savait les gravir avec intelligence pour qu'on n'y voie que du feu.

Mais quelle fouille-merde, aussi, cette Gaby ! Toujours à vous pousser, vous brusquer, sans souci des conséquences, à vous traiter comme le cobaye de ses expériences spectrothérapeutiques ! Elle faisait chier, putain ! Elle avait intérêt à s'excuser cette fois !

Pour me vider la tête, j'ai parcouru à toute vitesse des milliers de sites. Des sites de fringues et puis de cul. Je me suis masturbé en me faisant mal. Mais les spectres étaient toujours là, ils ne s'étaient tus qu'un court instant, le temps des orgasmes solitaires.

Il me fallait un anesthésiant plus durable... De la spectrine ? Rêver une heure ou deux d'autre chose que de monstres que l'on hait ou que l'on est ? Une heure ou deux seulement ?

Le mieux, c'était encore le spectrocide. Ça m'avait bien plu quand j'en avais pris un comprimé pour duper Andreas. Mon pote Louis en avait eu toute son enfance, à son insu, et si ça l'avait parfois fait dépasser certaines limites, gravir certains degrés, il n'avait plus souffert de ses traumas, au moins.

Je n'en demandais pas tant : juste une semaine ou deux, le temps que les choses se tassent, que ça aille un peu mieux, que j'oublie. Plus aucun spectre pendant quelques jours, même celui de l'accouchement, comme si l'on n'était jamais vraiment né.

Plus aucun spectre ?! Comme Laure ?!

Ça m'est venu telle une illumination, un feu qui prend enfin, en pleine tempête de neige. Est-ce que Laure avait pu prendre du spectrocide ? Histoire de passer en dessous des radars du spectroscope ?

Ou est-ce que je m'acharnais juste sur elle pour trouver un bouc émissaire à mes propres problèmes ?

chapitre 25

Quand j'ai croisé Louis le lendemain, je lui ai demandé discrètement si Laure lui avait acheté dernièrement du spectrocide. Il m'a répondu que non, mais sans conviction, d'une voix mal assurée.

Alors, je n'ai pas pu m'empêcher d'en parler à Gaby. Et cette fois, elle ne m'a pas traité de tous les noms. Mon hypothèse lui paraissait crédible.

Elle s'est vite décidée : elle allait lancer un nouvel ultimatum. Si Laure niait pour le spectrocide, elle devrait accepter de se faire reprendre en spectro, et sans délai cette fois.

Sinon, je ne lui ai pas parlé de ce qui s'était passé avec mon père. J'avais bien compris la leçon : ne rien dire à Gaby, ou ça irait toujours plus mal.

Le soir même, à la sortie des cours, Laure s'est faufilée après son amie entre les deux arbres décharnés des toilettes souterraines. Elle allait la rejoindre, frapper les trois coups, passer son épreuve de rattrapage.

Pour ne pas éveiller l'attention, j'ai attendu à l'autre bout de la cour, assis par terre et surveillant de loin les escaliers. Il faisait très froid. Mes boutons gelaient à la surface de mon visage – un bon moyen peut-être pour qu'ils brûlent et tombent d'eux-mêmes.

Après presque une heure, Laure est enfin apparue en haut des escaliers. Elle était en pleurs, les cheveux détachés. Elle ne m'a pas remarqué.

Au bout d'un quart d'heure sans nouvelles de Gaby, j'ai pris les devants et suis descendu à mon tour.

Il n'y avait plus rien à humer que des fantômes d'odeurs, pour le meilleur et pour le pire. Le parfum de Laure semblait surnager, mais je ne faisais sûrement que le fantasmer.

J'ai frappé mes trois coups. Gaby m'a ouvert, les yeux rouges autour, mais bien noirs au milieu, radioactifs. Ça n'allait pas bien se passer pour moi non plus.

– Qu'est-ce que tu fous là ? elle m'a dit.

– Désolé, j'ai bredouillé. Je voulais juste savoir pour Laure. Ça va ?

Elle n'a rien dit, mais elle a fait signe de la tête vers l'écran allumé du spectroscope.

– Alors, c'était ça ? j'ai enchaîné. Elle avait pris du spectrocide la première fois ?

Elle a acquiescé d'une petite voix.

– Je peux ? je lui ai demandé, ne sachant trop ce qu'elles avaient convenu.

– Tu dois, elle a répliqué. Ça te concerne pas mal aussi…

Qu'est-ce qu'elle voulait dire par là ? Son ton n'était pas très amical.

Et il ne manquait qu'une larme à ses paupières pour faire déborder un vase que j'avais toujours cru vide.

Se désintéressant de mon cas, elle s'est assise sur le lit-canapé pour se rouler un joint.

Sur l'écran, il y avait un dossier ouvert, un dossier avec sept fichiers vidéo.

N'y tenant plus, j'ai cliqué sur le premier, le plus grave, pour écourter le suspense.

Une forme dans les airs approchait. Elle semblait bien réelle, et pourtant elle ne correspondait à rien qui existe. À la rigueur, on aurait pu la comparer à un oiseau, mais un oiseau étrange, avec des ailes lourdes et massives comme des oreilles d'éléphant et des cheveux comme des algues dansant dans la mer. Mais elle n'avait pas d'yeux. Pas d'yeux ni même de visage. À la place, quelque chose comme un écran ou un miroir – la psyché des spectres primaux !

Bientôt, le monstre fondait sur sa proie. Pas de trompe, cette fois, mais une grande bouche apparaissait sous le miroir, une grande bouche d'ombre qui occupait presque tout l'écran, remplaçant le reflet de la bouche grande ouverte de Laure, l'engloutissant ou s'y laissant engloutir.

Elle aussi ! Elle aussi nourrissait en elle un monstre primal. Je l'aimais parce qu'on était un peu les mêmes. Je croyais l'aimer, mais c'est moi que j'aimais en elle. C'est mon monstre que je reconnaissais dans le sien. Ce n'est pas elle et moi que je brûlais d'unir, c'était nos deux monstres.

Est-ce que ça voulait dire qu'on était maudits ?

Dans la deuxième spectro, on voyait Laure entrer dans une pièce et fermer le loquet derrière elle. C'était la chambre de Gaby…

Il faisait sombre, mais l'on pouvait tout de même apercevoir son poster de foot et son attrape-rêves, ainsi que, tandis que Laure s'approchait du lit, son corps en plein trip sous spectrine.

On revoyait toute la scène de l'autre point de vue. Les deux moitiés du spectre étaient réunies. Isha disait vrai : quand le bourreau traumatise la victime, il se traumatise par la même occasion.

Laure s'approchait de Gaby. Et lui descendait précautionneusement son survêt et son slip.

Mais la vidéo s'est arrêtée là : Gaby, que je n'avais pas entendue approcher derrière moi, venait de la fermer.

– Celle-là, t'as pas besoin de la voir en entier, elle m'a dit. Elle te regarde pas.

J'étais déçu, mais je comprenais.

Gaby m'a tout de même résumé les explications de Laure : elle n'avait rien prémédité, mais elle savait par son copain Tim, qui le tenait lui-même de Louis, que Gaby avait pris de la spectrine ce soir-là et, quand elle était entrée dans la chambre pour récupérer son manteau, et qu'elle l'avait vue affalée sur le lit, hallucinant, inconsciente, ça avait été plus fort qu'elle.

Soudain, la voix de Gaby a déraillé, comme un ado en pleine mue.

– Je la… Elle m'a dit que c'est parce que je la dégoûtais.

Elle s'est mise à pleurer franchement, déposant ses lunettes sur le bureau-table basse parce qu'elles la gênaient trop. Elle a ouvert son sac-banane, mais, plus rapide qu'elle, je lui ai tendu mon propre paquet de mouchoirs. Je me rendais compte seulement maintenant que, sous ses airs de dure à cuire, ça avait dû être très difficile pour elle, l'agression, le cyberharcèlement, la découverte de la coupable – et puis tout le reste, depuis sa plus tendre enfance, qui n'avait pas dû être si tendre que ça.

Elle s'est mouchée et elle a repris, au milieu des sanglots :

– Elle trouvait que c'était pas naturel, mon comportement, l'ambiguïté. Elle le supportait pas. Elle me supportait pas.

– Mais alors, c'était bien…

Je me suis coupé moi-même. Je voulais lui demander si c'était bien un montage, mais en même temps, est-ce que ce n'était pas en rajouter, la harceler une nouvelle fois, alors même qu'elle était en larmes ?

– T'en fais pas ! je me suis repris. Ce n'est pas la première fois que des gros cons, enfin des petits salauds, te font ce genre de remarques, non ?

– Mais là, c'était pas un petit salaud, elle a répliqué brutalement, agacée que je ne comprenne pas. C'était Laure !

– Oui, excuse-moi. Mais pourquoi elle est devenue amie avec toi, à la base, si tu la dégoûtais ?

Gaby a haussé les épaules. Ça allait mieux : le plus gros de la crise de larmes était passé.

– J'en sais rien. Elle avait pas l'air de bien savoir elle-même. En tout cas, elle a promis de passer aux aveux sur Insta, dans la semaine.

– Vous vous êtes déjà réconciliées ?

– Non, je lui ai dit que je voulais plus la voir.

– Je comprends, j'ai répondu.

– Et je veux plus te voir non plus ! elle a ajouté, ses pupilles transperçant le voile de ses larmes, comme le tonnerre éclate au milieu de la pluie.

Je savais bien de quoi Gaby parlait : Laure avait dû tout lui dire. Pourtant je lui ai quand même demandé :

– Mais qu'est-ce que j'ai fait ?

– Vas-y, continue de regarder, ça te rafraîchira la mémoire.

Ça m'a fait comme un pieu dans la poitrine. Je m'attendais à ce qu'elle me raconte. J'avais prévu de me défendre, de donner ma version des faits. Mais jamais je n'aurais cru que…

Est-ce que j'avais traumatisé Laure ?! Est-ce que c'était allé jusque-là ?!

Nerveusement, j'ai cliqué sur la troisième spectro. Mes mains moites glissaient sur la souris.

C'est mon visage qui est apparu en gros plan. Il n'était que l'ombre de lui-même. Il regardait Laure avec un sourire figé. Il louchait presque. Il se projetait sur son cou comme un vampire. Il s'y cachait pour ne pas lui montrer ce qu'il était en train de devenir.

Parfois, on apercevait en arrière-plan le dôme du blockhaus, et puis l'estafilade ouvrant sur la mer et le coucher de soleil, qui éclataient à la figure de ma victime comme un flot de sang.

Parfois, on apercevait des parties de son corps que je tentais de caresser, et puis son bras ôtant mes sales pattes de ses seins.

On croyait presque sentir les embruns et le sable et l'atmosphère renfermée, étouffante du blockhaus, et le parfum de Laure, bien faible, bien esseulé au milieu de tout le reste – jusqu'à ce que mon visage repasse au premier plan, mon visage affolé, les yeux ronds à la M *le Maudit* qu'on étudiait en option cinéma.

Je me relevais, reculais d'effroi comme devant le monstre primal. Mais c'était du monstre en moi que j'avais peur, de mon reflet difforme dans la prunelle de ses yeux à elle.

Et alors, la spectro s'arrêtait.

Sans faire attention, je m'étais moi-même éloigné de l'écran, j'avais moi-même reculé.

Je n'avais jamais réalisé que j'avais pu traumatiser Laure au point qu'elle se retrouve avec un spectre de plus, et pas n'importe lequel : l'un des pires !

Pris de vertige, je me suis laissé tomber sur le lit-canapé, à côté de Gaby.

Instinctivement, j'ai tendu la main vers son joint, pour en prendre quelques taffes.

– Pas touche ! elle m'a répondu. Tu crois vraiment que tout t'est dû ? Allez, barre-toi maintenant !

J'ai plaidé ma cause, fait valoir que ma spectro n'était classée qu'en troisième position – après la photo de son agression ! Je ne savais pas ce que je racontais.

– Je t'ai demandé de me laisser tranquille, elle m'a coupé d'un ton glaçant. Est-ce que tu vas me forcer comme avec Laure ? Tu leur fais toujours comme ça, à tes proies ?

chapitre 26

De retour chez moi, seul, je me suis lâché virtuellement contre Laure et Gaby, donnant des coups de poing dans les murs blancs de ma chambre, comme autant de coups d'aiguille dans des poupées vaudous.

Je n'avais rien fait, putain ! C'était quand même plus grave, ce qu'avait fait Laure ! Objectivement plus grave ! Le classement des spectros le prouvait bien ! Et Gaby qui me traitait comme un domestique, me virant sans ménagement quand elle n'avait plus besoin de moi ! Quelles connes !

Deux jours plus tard, comme Laure l'avait promis à Gaby, elle a posté une vidéo sur Insta.

– J'ai un aveu à vous faire, elle commençait par dire, en regardant à côté de l'objectif, comme si elle se confessait à un prêtre.

Elle avait même assumé de présenter son profil avec la cicatrice qui lui traversait les taches de rousseur comme un serpent dans un champ de coquelicots.

– C'est moi qui ai pris Gaby en photo. Juste pour faire croire qu'elle avait un pénis.

Elle a marqué une pause, puis, relevant les yeux, elle a conclu :

– Je ne supportais pas qu'elle assume de n'entrer dans aucune case. Je voulais l'y faire entrer de force. Je lui ai jeté la pierre, et en lui jetant la pierre, c'est moi-même qui péchais, pas elle.

Les jours suivants, ça a été la guerre à Laplace. Il y en avait qui défendaient Laure par féminisme, parce que c'était une fille, et d'autres qui la condamnaient par féminisme, parce qu'elle avait fait du mal à une autre fille, et d'autres qui la condamnaient pour avoir fait porter le chapeau aux mecs (Andreas et sa clique), et d'autres qui la défendaient par transphobie (on n'avait même plus le droit de dire qu'un homme et une femme, c'était différent !).

Moi, je suis encore resté neutre. J'avais juste peur que Gaby ne fasse courir le bruit que j'avais également des choses à me reprocher. Mais comme Laure, elle n'a rien dit à personne.

Désormais, elle, Laure et moi, on menait chacun notre vie de notre côté. Quand je croisais l'une ou l'autre au lycée, elles m'ignoraient.

Eh bien, j'allais faire pareil ! Je n'avais pas besoin d'elles ! J'allais me trouver une fille normale ! Ou traîner plutôt avec des mecs, avec Andreas – ce serait moins compliqué, moins prise de tête !

Elles m'énervaient toutes : Laure, Gaby – et aussi ma mère, qui laissait faire mon père sans broncher !

Mais les mecs aussi m'énervaient, en fait. Après quelques jours à côtoyer Andreas et ses potes, je n'en pouvais plus.

Au fond, je détestais tout le monde.

En dehors des cours, je ne voyais plus que mes parents et je les détestais encore plus que les autres – et que moi-même ? Moi qui leur ressemblais tant, au fond ?

Je m'étais juré de faire profil bas avec eux, mais je n'étais pas assez courageux, pas assez résistant pour tenir le coup comme ma mère.

Un mois environ après la confession de Laure, mon père était à la manœuvre en cuisine pour nous préparer une de ses spécialités : les escalopes de veau à la milanaise. Il faisait sa propre chapelure en broyant notre pain rassis (acheté à la meilleure boulangerie de Saint-Lazare). Les œufs étaient bios et le boucher se fournissait essentiellement chez des éleveurs locaux certifiés label rouge.

Au moment de nous servir les escalopes, j'ai dit à Gwenael que je n'en voulais pas, que je ne voulais plus manger de viande. Ça m'est venu comme ça. Je n'avais pas la force de m'opposer frontalement à lui, mais j'avais besoin que quelque chose se passe, que la roue dans laquelle je roulais se grippe un instant.

Et puis, bien qu'on ne se voie plus, le fantôme de Gaby ne me laissait pas en paix, me pressant de parler à mon père.

J'ai essayé d'adopter un ton léger, mais je savais que Gwenael allait mal le prendre. Il ne supportait pas les écolos. Je l'avais déjà entendu les critiquer, ces petits bobos nunuches, fleur bleue, qui pleurnichaient parce qu'on faisait du mal aux animaux alors que les hommes, eux, ils pouvaient bien crever.

– Ne me dis pas que tu t'es laissé avoir ? il m'a fait ce soir-là, en me mitraillant de ses rides qui s'ajoutaient chaque seconde à son grand front.

Moi, je tentais d'improviser un argumentaire, mais je ne trouvais plus mes mots.

– C'est de ta faute, il a continué en se tournant vers ma mère. Tu le surprotèges, et maintenant il ne veut pas qu'on fasse de mal aux petits veaux trop mignons.

Il a dit les derniers mots sur un ton de « femmelette » – autre mot que Gaby détestait : « Je préfère *hommelette* ! On ne fait pas d'*hommelettes* sans leur casser les œufs ! » Ma mère a remué du nez comme si elle flairait des carottes quelque part – des carottes déjà cuites.

– On est des prédateurs, Tomaz, il a repris, que tu le veuilles ou non. Tu ne pourras pas vivre toute ta vie dans une bulle de guimauve. Il faut détruire pour construire. C'est comme ça qu'on change le monde. Mais c'est pas avec ta génération qu'elle va avoir lieu, la révolution. Vous êtes tous des moutons. Allez, sers-le, Martha !

Ma mère s'est exécutée comme un pantin dont son mari tirait les fils.

– De toute façon, il a repris, tant que tu vivras sous notre toit, tu mangeras ce qu'on te donnera.

Je ne bougeais plus, moins par refus que par sidération.

– Tomaz ? M'oblige pas à m'énerver !

Alors, c'est allé très vite : il s'est jeté sur mon assiette, a découpé un morceau d'escalope, y a enfoncé ma fourchette, a attrapé ma mâchoire, l'a serrée pour l'ouvrir et, malgré tous mes efforts pour me défendre, il y a enfoncé le morceau de veau.

– Mais arrêtez un peu ! disait ma mère. Il n'y en a pas un pour rattraper l'autre.

« Arrêtez » ? Qu'est-ce que je faisais, moi ? Je ne faisais rien. Rien d'autre que me laisser faire une fois de plus, me la boucler.

On a tous fini de manger dans un silence à couper au couteau japonais.

La veille, je les aimais bien, les escalopes de mon père, mais ce jour-là, pour la première fois, mes papilles leur trouvaient un arrière-goût de charogne, aussi panées, dorées, enrobées qu'elles pouvaient l'être.

Quand j'ai terminé mon repas, je suis parti dans ma chambre sans rien dire.

– Tom ! a fait ma mère, suppliante. Tu ne veux pas de dessert ? Rien ne sert de courir…

– Laisse-le, a coupé Gwenael.

Ce soir-là dans mon lit, il y avait quelque chose en moi qui voulait sortir, mais je ne savais pas quoi – un monstre à exorciser ?

Une chose était sûre : je comprenais un petit peu mieux ce que ça faisait quand on essayait d'enfoncer son bout de viande dans la viande d'un autre : ça faisait qu'on avait envie de vomir – et c'est ce que j'ai fait, la tête dans la cuvette de mes toilettes, et le plus silencieusement possible pour ne pas alerter mes parents.

chapitre 27

C'est une habitude que j'ai prise chaque soir, depuis lors : je dégobillais après avoir bouffé la barbaque de mon père.

Et à midi, je n'allais pas au self, je ne mangeais pas. Ça ne me disait rien, d'être seul à table, ou avec Andreas et les autres du club des mecs.

Tant qu'à faire, je sautais aussi le petit déj'. Les deux premiers jours, j'ai eu mal au ventre : des spasmes me clouaient au lit et je me sentais abandonné par tout le monde. Mais les jours suivants, ça a disparu. J'étais allé au bout de ma faim. Plus rien n'avait d'importance. Je n'avais plus de corps. Que je sois endormi ou éveillé, tout avait un peu la consistance d'un rêve.

Sauf qu'au bout d'une semaine, alors que je descendais aux toilettes de la cour, tout s'est mis à tourner très vite autour de moi, et je me suis dit que j'allais devoir m'arrêter, m'asseoir un moment pour reprendre mes esprits, mon souffle, parce que j'avais un problème d'équilibre et de fatigue et de nausée et de vertige, mais je n'ai pas eu le temps d'envoyer à mes jambes le signal de faire une pause, peut-être parce qu'il y avait trop de distance entre elles et moi, peut-être aussi parce qu'il neigeait et que les marches étaient boueuses, glissantes, tout a cédé d'un coup, et je me suis écroulé.

Alors, j'ai fait un de ces cauchemars de monstre primal que je faisais la nuit – mais en plus intense, et en plus réel. Autant ma vie prenait la consistance d'un rêve, autant mes rêves prenaient la consistance de la réalité.

Au début, on remontait des toilettes avec Gaby sur un escalier roulant, qui se muait en tapis roulant, qui se muait en tapis volant. On atterrissait sur une plage ensoleillée où l'on batifolait, se jetant du sable et de l'eau au visage, nus mais le sexe flouté. Bientôt, le soleil se voilait, et d'une dune poussait un blockhaus d'où surgissait mon monstre primal. Il avançait vers moi, puant la viande crue, dressant sa trompe contre mon visage.

Au dernier moment, Gaby me sauvait en lui tendant des algues vertes. Au départ rétif, hésitant, il les aspirait goulûment et remuait bientôt du tentacule comme un chien remue de la queue. Il en redemandait. Gaby m'encourageait à prendre le relais. J'agitais énergiquement la tête. Mais elle insistait, jusqu'à ce qu'enfin je m'exécute. Rétif et hésitant à mon tour, je tendais une poignée d'algues au monstre qui l'avalait sans retenue.

Soudain, un autre monstre apparaissait dans les airs, un oiseau avec de grandes ailes en forme d'oreilles et une chevelure serpentine. Je le nourrissais lui aussi jusqu'à ce que, repus, les deux monstres s'allongent l'un à côté de l'autre pour rêver à leur tour, tandis qu'à l'inverse, moi, je m'éveillais – quoique je n'aie pas eu l'impression d'être vraiment endormi pendant ma vision, gardant toujours un semblant de contrôle sur les événements, comme si je réalisais un film.

– C'est bon, tout va bien ! je me suis écrié en reprenant conscience.

Je me figurais que Gaby était là, à mes côtés, comme dans mon hallu… Mais je parlais tout seul, étendu au bas des escaliers.

Ma montre indiquait que seules quelques secondes, une ou deux minutes tout au plus, s'étaient écoulées depuis que j'étais tombé dans les pommes.

J'avais très mal à la hanche gauche. Elle avait pris un coup dans la chute, et une grande marbrure multicolore en irradiait, comme une flaque d'essence au soleil.

J'ai tenté de me relever, mais ça tanguait comme en pleine mer, et puis, je boitais à cause de ma hanche.

J'avais très faim, aussi. Remontant à la surface de la cour, j'ai avisé un distributeur et je me suis payé un de ces paquets d'oursons en guimauve qu'avait toujours Gaby dans son sac-banane.

Tout en engouffrant une nouvelle famille ourson, grands-parents et petits-enfants inclus, je me suis remémoré les séjours dans la Cave avec Gaby. Elle me manquait. Redescendant en boîtant jusqu'aux toilettes, me cachant dans la cabine qui jouxtait la porte rouge, je me suis mis à chialer en faisant le moins de bruit possible.

Il y avait plein de graffitis sur les murs, plein de dessins de pénis et de vulves, des petits mots doux et surtout durs, des insultes, des mauvaises blagues. J'étais cerné non pas tellement par du sexe (les « bites » et les « chattes » n'avaient rien de très érotique), mais par de la violence. De la violence et des mauvaises odeurs.

C'était comme un miracle que la Cave de Gaby ait pu sentir bon : au bout de la puanteur, en la traversant toute, on accédait à son envers.

Et puis, ma vision m'est revenue, avec le sentiment qu'elle avait quelque chose à me dire, un message à me faire passer – mais lequel ?

Je n'arrivais même pas à savoir si j'avais fait manger des algues vertes aux monstres pour les apprivoiser ou bien pour les empoisonner. Peut-être qu'à la fin, ils ne s'endormaient pas, mais qu'ils mouraient ? Est-ce qu'il fallait que je tue mes monstres ? Ou bien seulement que je les nourrisse, pour qu'ils me laissent en paix ? Mais les nourrir avec quoi ?

chapitre 28

Quelques jours plus tard, ça a été les vacances de Noël. Je ne boitais plus trop de la jambe, mais encore pas mal de la tête. Je m'étais remis à manger, sauf de la viande.

Comme je ne voulais pas moisir à la maison, à supporter mes parents, je suis allé à la plage en vélo, la plage réelle cette fois, à la recherche de ce que j'avais pu y égarer. C'était connu : les criminels revenaient toujours sur les lieux de leur crime. Je comptais faire des photos, comme pour fixer ce temps d'avant la chute, ce blanc verger d'avant la pomme qu'on croque.

Tout était gris cette fois : ciel, mer, plage. Seules les algues vertes opposaient au tableau un simulacre de résistance, mais c'était un vert pire que du gris, un vert-de-gris, de la couleur des uniformes allemands pendant la Seconde Guerre mondiale.

Je me suis réfugié dans le blockhaus, jeté dans la gueule du loup – la mienne ? Pas de réponse non plus ici sinon le souvenir de ce que j'avais fait et ne pourrais plus jamais défaire. Accoudé à la meurtrière, j'ai regardé l'horizon. Au loin, tout là-bas, à l'ouest, derrière le gris, il y avait l'Amérique, le spectre des « Premières Nations », comme les appelait Gaby (« Peaux-Rouges, c'est raciste ! »).

Puis, une tractopelle a traversé mon champ de vision, et une seconde, emportant tout sur leur passage. D'après Laure, ça partait peut-être d'une bonne intention, d'enlever les algues vertes, mais en même temps, les tractopelles ne séparaient pas « le bon grain de l'ivraie » : elles gobaient aussi les laisses de mer en dessous – et donc tout le microcosme qu'elles abritaient. Il aurait mieux valu empêcher en amont que les algues prolifèrent, en stoppant l'hémorragie des élevages porcins.

J'ai saisi mon appareil pour prendre des photos et alors, j'ai avisé une pellicule abandonnée dans ma sacoche – la pellicule de ce jour-là, justement, que j'avais complètement oublié de développer entre-temps...

Je ne devais plus attendre. J'ai foncé à vélo jusqu'aux locaux de mon club photo, au centre culturel de Saint-Lazare, qui disposait d'une chambre noire. J'aurais pu me contenter du numérique, mais le tirage en noir et blanc m'occupait les mains et les esprits.

Au fur et à mesure que je tirais les photos, tout m'est revenu, tout ce que Laure m'avait dit sur les laisses de mer, leur délicat écosystème. Les formes se dessinaient peu à peu dans le révélateur : les algues vertes ou brunes, les bois flottés, les os de seiche ou de calmar, les mues de crustacés, les cadavres de méduses échouées et d'autres animaux, le tout se transformant en engrais pour des plantes qui à leur tour freinaient l'érosion et permettaient de former et fixer les dunes.

Et puis, il y avait un cliché de Laure…

Petit à petit, ses traits se précisaient dans le bain. Je l'avais photographiée par surprise. Elle avait détourné la tête. À la fin du tirage, elle restait toujours un peu floue. Elle avait un vague sourire, assombri par quelque chose comme de la détresse dans le regard. Elle était un peu comme quand elle avait lâché prise, plus tard, dans le blockhaus : le flash l'avait figée, clouée à mon tableau de chasse. Je l'avais déjà traitée à ce moment-là comme un bout de viande.

C'était ça, peut-être, que le monstre voulait me faire voir, sentir, ça dont il voulait se repaître, ça qui me permettait de l'apprivoiser un instant : tout n'avait pas commencé dans le blockhaus, ni même avec cette photo, tout avait commencé avant ma naissance, avec l'idée qu'on nous devait quelque chose, qu'il allait falloir nous nourrir de la souffrance des autres – avec l'idée, inoculée par les vrais monstres primaux, qu'on en était un nous-mêmes.

De retour à la maison, j'ai tout affiché sur le mur de ma chambre : les photos de laisses de mer par-dessus les photos de sable fin, les photos des invertébrés par-dessus les photos des laisses de mer, les photos des algues vertes par-dessus les photos des invertébrés, les photos des tractopelles par-dessus les photos des algues vertes.

Je ne les ai pas punaisées, mais collées avec de la patafix, une larme seulement à chaque fois, de sorte que petit à petit, jour après jour, il en tombe quelques-unes comme les feuilles d'un arbre à l'arrivée de l'hiver, jusqu'à ce qu'il ne reste plus à la fin que…

Tout en dessous, ce n'est pas la photo de Laure que j'ai mise : c'est la photo d'un miroir – la psyché de notre salle de bains, où se reflétaient mon visage caché par mon appareil ainsi que l'ombre de mon corps, à contre-jour à cause du flash.

chapitre 29

Le 24 décembre est arrivé. Ma mère, avec son sourire toujours radieux, décorait le sapin en prenant soin de ne pas se piquer aux aiguilles. Quant à Gwenael, il vidait le chapon à la cuisine. Il s'en était procuré un de luxe mais pas cher, déclassé, à préparer soi-même. Il avait coupé la tête et avait la main enfoncée dans chacun des trous, le trou du cou et le trou du cul, pour enlever tout l'intérieur, tous les organes. Il fallait surtout faire attention à ne pas percer la poche de fiel du foie, verte et très amère, ou alors tout le reste de la chair était foutu, contaminé. Mais Gwenael savait y faire, il avait consulté les bons tutos. Jamais il ne laisserait le fiel se répandre.

Moi, j'avais de plus en plus de mal à supporter l'odeur de gras qui enrobait ce vide.

À un moment, comme je l'aidais en cuisine, il a reçu un texto. Il y a jeté un œil en esquissant un sourire, puis a rangé son portable.

Ça a été plus fort que moi, j'ai cédé, décidé à nourrir la bête :

– Un sexto de ta maîtresse ? je lui ai demandé. Elle t'envoie une photo de sa chatte ?

Juste après, je m'en suis voulu, je tremblais comme la dernière feuille d'un arbre en fin d'automne.

Dans l'embrasure de la porte, il y avait ma mère venue nous aider. Elle hésitait à repartir en faisant mine de n'avoir rien entendu. Elle avançait et reculait alternativement, presque simultanément même. Arrêt sur image.

Mon père m'a regardé en silence, avec des aiguilles dans les yeux. Son effort pour ne pas plisser du front était palpable, olfactif.

– Je crois qu'il va falloir qu'on crève l'abcès, il a dit. On ne va pas faire comme si rien ne s'était passé. Et on a tous quelque chose à se reprocher, dans l'affaire.

« Tous quelque chose à se reprocher » ?! Jamais je n'aurais pensé pouvoir arrondir autant les yeux.

– Et moi le premier ! a continué Gwenael (Quel grand prince il était !). Je commence ou c'est toi ?

Je n'ai pas répondu. J'avais trop de mal à y croire – le réel, finalement, était plus hallucinant que mes visions. Les mots qui me venaient restaient bloqués. Dès que je voulais cracher l'un d'eux à la figure de mon père, il refluait dans ma gorge à mesure que j'avalais ma salive.

– Je vais commencer, il a dit. Il s'est passé certaines choses, de mon côté, qui peuvent faire croire que j'ai manqué de respect à ta mère. Mais ce n'est pas vrai, tu le sais, Martha, et je me suis excusé auprès de toi. J'en assume l'entière responsabilité.

J'avais déjà entendu cette phrase quelque part. Dans la bouche d'un homme de pouvoir. Ou de deux. Ou de trois.

– En revanche, il a repris, rien ne justifiait que tu fouilles dans mon portable, Tomaz. Et je suis en droit d'attendre des excuses pour cela de ta part. Tu es d'accord avec moi, Martha ?

Elle a fait oui de la tête. J'ai fait non de la mienne et j'ai dit :

– C'est à moi de m'excuser maintenant ? T'es qu'un gros porc !

On était à l'intérieur, mais j'ai eu soudain très froid, je n'avais plus qu'une mince pellicule de peau, beaucoup trop mince – une pellicule photographique, photosensible.

J'avais cédé, je tourbillonnais nauséeux dans l'hiver comme une des disamares du sycomore. Et à l'intérieur, c'était encore pire : plus rien, comme un fantôme, comme un chapon vidé de tout. Au fond de moi, il n'y avait plus que ce petit sac de bile verte, de fiel, auquel mon père avait fait bien attention de ne pas toucher. Mais je l'avais finalement percé et il se déversait maintenant au-dehors.

Martha ne souriait plus. Elle remuait du nez comme une lapine sidérée devant les phares d'une voiture.

– Ça suffit, Tomaz ! elle s'est exclamée. Tu ne parles pas comme ça à ton père !

Alors, Gwenael a mis la main sur le bras de « sa femme » et il lui a dit :

– Laisse, Martha, il a ses raisons, il ne sait pas ce qu'il dit. J'ai eu une aventure, c'est vrai, Tomaz. C'était tellement fort, ce que je vivais, plus fort que moi ! Et puis, j'en ai tellement fait pour toi, pour la famille, peut-être que j'avais besoin de respirer un peu. Mais c'est fini maintenant, c'est ta mère que j'aime. Elle le sait.

J'ai regardé Martha à la recherche d'un peu de soutien, et je me suis rendu compte qu'elle en avait autant besoin que moi, qu'elle était aux abois. Elle faisait oui de la tête mais non des yeux. Ob' se frottait à ses jambes en ronronnant.

Finalement, je me suis cassé dans ma chambre. J'avais déjà assez plié comme ça. Et cette fois, ma mère n'a pas cherché à me retenir. Il fallait bien que jeunesse se passe.

chapitre 30

Je suis resté éveillé toute la nuit, à l'affût d'un miracle. Mais le père Noël n'est pas passé. Le lendemain, il y avait des cadeaux, bien sûr, au pied du sapin, et je les ai ouverts avec un fantôme de sourire, mais le vrai cadeau, pour moi, aurait été que je me réveille ailleurs, et plutôt en compagnie de Gaby.

Je m'en voulais d'être allé aussi loin. J'avais encore plus peur de mon père, et peur aussi d'avoir traumatisé ma mère, qu'elle ne s'en remette pas. Mais je pensais à Gaby, elle aurait trouvé que j'avais eu raison, et ça m'aidait à supporter le quotidien.

La rentrée de janvier est arrivée et je me suis senti encore plus seul au milieu des autres élèves, à revoir Gaby ou Laure dans la cour, en train de me regarder de travers, ou de ne pas me regarder du tout.

L'hiver m'est passé dessus sans que je réagisse, comme si Gwenael m'avait congelé en me jetant un sort. En même temps, quelque chose végétait en moi. Gaby avait planté sa hache profond dans mon cœur et elle y avait pris racine.

C'est quand je suis retombé, pendant les vacances d'hiver, sur mon brouillon de SMS à Laure, que j'ai enfin compris ce qui me restait à faire.

C'était comme la pellicule au fond de ma sacoche : le message était resté là, à végéter au fond de mon téléphone en attendant que je sois assez mûr pour l'envoyer. *Je m'en veux*, disait-il, *mais je sais que ça n'excuse rien. J'espère que tu me pardonneras un jour.*

Je lui ai enfin rendu sa liberté, en précisant à Laure de quand il datait.

Le plus important, elle m'a répondu, *c'est que tu ne recommences pas. On juge un arbre à ses fruits.*

Mon soulagement, intense, n'a été que de courte durée, car quelques minutes plus tard, elle m'a envoyé ce nouveau message :

Ça va, sinon, Gaby ? Elle compte toujours le faire ?

Faire quoi ?

Ben, la visite médicale, pour la fédé ! Je m'en veux tellement...

??? Je ne vois pas de quoi tu parles.

Tu n'es pas au courant ?!

Alors, elle m'a appelé pour me raconter plus en détail.

Les instances sportives de la région avaient demandé à Gaby un justificatif médical attestant qu'elle était bien de sexe féminin...

Depuis la photo de Laure, les soupçons avaient infusé et une de ses coéquipières avait fait remonter la rumeur aux autorités locales, anonymement. Malgré les aveux de Laure, elle avait dit avoir surpris Gaby nue, au vestiaire, et l'accusait à son tour d'être un garçon.

C'était de la jalousie pure et simple, Gaby étant l'une des meilleures joueuses de l'équipe, mais on était tout de même allé jusqu'à lui demander un certificat. Ces temps-ci, il y avait beaucoup d'histoires comme ça dans le monde du sport.

D'après ce que Laure avait appris en discutant avec d'autres footeuses de Laplace, Gaby avait accepté de se plier à ces exigences. Et l'examen devait avoir lieu le dernier samedi des vacances, début mars, au pôle espoirs.

Après avoir raccroché, j'ai tourné en rond dans ma chambre à la recherche de la meilleure chose à faire. Si Gaby avait été là pour m'aider… Mais pour une fois, c'était justement elle qui avait besoin d'aide.

Sans trop y croire, en espérant qu'elle ne trouverait pas que je la harcèle, je lui ai envoyé un message, pour en savoir plus, en avoir le cœur net.

Salut Gaby ! Laure m'a dit pour la fédé… Je voulais juste m'assurer que tu n'allais pas les laisser faire. Pas toi !

Elle m'a répondu avec l'émoticône du bonhomme qui s'esclaffe et elle a commenté :

Parce que c'est toi qui vas me dire quoi faire maintenant ?! Me donner des leçons ?!

Je ne me suis pas démonté.

Ils n'ont pas le droit de te demander ça !

C'est rien de bien méchant, elle m'a écrit en retour. *Je vais pas devoir suivre une batterie de tests. Juste voir un médecin pour lever l'ambiguïté, régulariser la situation. Il est peut-être temps.*

Elle parlait comme un courrier administratif. Ça n'allait pas du tout.

Mais tes parents, ils ont dit quoi ?!

Ils essaient de m'en empêcher. Veulent porter plainte. Mais ce n'est pas à eux de décider.

Ils ont raison ! Faut qu'on trouve un moyen de t'éviter ça !

Tu vas t'immoler devant le pôle espoirs ?

Elle m'a renvoyé une émoticône qui s'esclaffe, puis elle a mis fin à notre conversation :

Quand je te disais que je voulais plus te voir, c'était au sens large : je voulais plus te lire non plus... Merci de respecter nos limites, encore une fois !

Je l'ai laissée tranquille, encore plus paumé qu'avant.

J'ai tourné en rond, jusqu'à la nausée. Est-ce que je ne devais pas faire quelque chose ? Mais est-ce que faire quelque chose, ce n'était pas décider à la place de Gaby ?

Mais ça n'avait rien à voir avec un abus de pouvoir, cette fois ! C'était pour l'aider, pas pour lui imposer quoi que ce soit ! Si je ne faisais rien, est-ce que ce n'était pas surtout parce que j'étais trop lâche ?

C'est en allant courir pour me changer les idées que j'ai fini par en avoir une.

De retour à la maison, je me suis pris en photo tout nu, dans la position de Gaby lors de son agression, et comme je maîtrisais les bases de Photoshop, je me suis débrouillé pour remplacer mon pénis par une vulve…

Puis j'ai déposé la photo retouchée sur Insta, accompagnée de ce texte :

Samedi prochain, à 14 heures, Gaby va devoir passer un examen au pôle espoirs afin qu'un médecin décide pour elle de son sexe. On lui a bien fait comprendre que de cet examen dépendait sa place dans l'équipe de foot. Je vous propose de nous retrouver là-bas dès 10 heures du matin et de tous apporter une photo du même genre, pour demander à intégrer l'équipe (dans le cas des mecs) – ou à ne plus en faire partie (dans le cas des filles).

Je ne savais pas à quoi m'attendre. J'allais aviser selon les commentaires.

Quelques heures plus tard, j'en ai reçu un premier, d'une coéquipière de Gaby, assorti d'une photo d'elle avec un pénis ! C'était mal fait mais c'était marrant, jouissif – et pas dans le sens d'une photo porno. Dans son post, elle me donnait rendez-vous samedi.

Le lendemain, il y a eu un nouveau montage. Et puis encore un autre. Et un autre. Et ainsi de suite, jour après jour. Tous accompagnés de photos. Des photos de filles avec des pénis. Et des photos de mecs avec des vulves qui proposaient de prendre la place des joueuses qui démissionnaient car il y avait un championnat à gagner.

Laure aussi a répondu, en envoyant une photo d'« iel » avec un sexe d'hermaphrodite. Iel se demandait s'iel avait le droit d'intégrer ou non l'équipe. Peut-être que son clitoris était déjà trop grand, déjà trop comme un pénis ? Est-ce qu'il y avait une taille limite qui faisait basculer un clito en bite ? Voilà les questions qu'iel poserait, samedi, à la fédé. Ils avaient peut-être des textes de loi sur la question…

Le vendredi, on avait une cinquantaine de réponses du même genre, et même de tous genres, dont une grande majorité du pôle espoirs.

Le lendemain, on s'est presque *toutes* retrouvées devant l'accueil du pôle espoirs – et je dis « toutes », parce qu'il y avait plus de filles que de garçons, alors…

Il y en avait une qui s'était enfilé un gode ceinture et un autre qui s'était accroché une photo de vulve au niveau du pénis. Beaucoup avaient des ballons gonflables en forme de sexes divers. Moi, j'avais fait une pancarte « Pôle des espoirs ou pôle désespoir ? ». Et Laure aussi avait fait la sienne : « Et les dirigeants ? Ont-ils des couilles ? Une petite bite ? Qu'ils passent aussi un examen ! »

En revanche, on n'avait toujours pas de nouvelles de Gaby. J'appréhendais. Peut-être qu'elle n'avait pas apprécié mon initiative ? Peut-être qu'elle allait encore plus me détester ?

Au début, les gens du pôle n'ont rien voulu entendre, mais au bout d'une heure, une journaliste est passée, et l'info s'est diffusée, c'est devenu viral. D'autres personnes sont venues grossir nos rangs, certaines qui n'étaient même pas de Laplace.

Finalement, un quart d'heure avant son rendez-vous, Gaby est arrivée.

Toutes l'applaudissaient en agitant leurs sexes de pacotille.

Mais elle avait les sourcils froncés en s'avançant vers nous, vers Laure et moi en particulier. Elle nous visait de ses yeux noirs.

Soudain, arrivée à bout portant, elle a lancé à Laure un grand sourire et elle l'a prise dans ses bras. Les applaudissements ont fleuri de plus belle.

Puis elle lui a demandé en me montrant de la tête :

– Il t'a présenté des excuses, au moins ?

Laure a hoché la tête.

– C'est pas trop tôt ! a enchaîné Gaby.

Et elle m'a pris à mon tour dans ses bras.

Nos cœurs se tenaient si proches pendant qu'elle me serrait que je ne savais pas lequel j'entendais battre.

Peu après, le responsable du pôle est venu nous apprendre que la fédé faisait marche arrière, que Gaby n'était plus obligée de passer un examen. Son dossier allait être reconsidéré.

chapitre 31

Pour fêter ça, Gaby nous a toutes invitées chez elle le soir même.

Auparavant, en fin d'après-midi, on s'est retrouvées dans sa chambre, elle, Laure et moi, parce que la seconde avait quelque chose à nous dire.

Elle a sorti son smartphone et elle est allée chercher le dossier de ses spectros, qu'elle avait récupéré depuis l'ordinateur.

Moi, je n'avais vu que les trois premières, mais il y en avait quatre autres. Elle m'a précisé que la dernière représentait sa naissance et la quatrième son accident de scooter – il lui avait valu sa longue cicatrice encore visible, qui m'attirait comme un signe de reconnaissance.

Mais c'est la spectro 5 qu'a lancée Laure.

– Je ne t'ai pas tout dit, Gaby, à propos de celle-ci, elle a commenté.

Elle y discutait avec une jeune fille portant chaussures vernies, jupe à carreaux, chemisier blanc et pull col en V. Parfois, son regard descendait et laissait entrevoir qu'elle était habillée de la même façon. Elle m'avait raconté qu'en primaire, elle avait été dans une école privée catholique, avec uniforme obligatoire, mais que c'était devenu trop cher ensuite pour ses parents. À un moment, elle s'approchait, elle n'était plus qu'à deux doigts de son amie, qui penchait alors la tête comme pour écouter un secret – on voyait l'oreille en gros plan, qui me rappelait celles de son monstre primal. Tout à coup, la fille la repoussait violemment, la frappait et s'enfuyait…

– J'étais en CM2, a dit Laure à la fin. J'ai l'air de vouloir lui murmurer quelque chose à l'oreille. Mais ce n'était pas le cas. C'était juste qu'elle détournait le visage.

Elle a relancé la spectro. Effectivement, le mouvement de la jeune fille était brusque, dégoûté, comme si Laure lui avait par exemple… roté à la figure ? C'était ça, le secret ? La scène, au début, avait quelque chose d'idyllique. Avec son uniforme et ses grands yeux, la jeune fille pouvait sortir tout droit d'un manga *shojo*. Puis tout d'un coup, ça dégénérait.

– Je t'avais raconté que c'était juste une dispute entre gamines, a dit Laure à Gaby. Mais c'était plus que ça. J'avais complètement oublié cette scène avant de la revoir en spectro – tellement j'avais intégré la honte en moi.

– La honte de quoi ? a fait Gaby, en fronçant des sourcils.

Laure a inspiré un grand coup, puis a dit d'une traite :

– Ce que je visais, avec ma bouche, ce n'était pas son oreille, c'était sa bouche à elle.

Ses taches de rousseur ont fait taches d'encre sur le reste de ses joues. On s'est regardés avec Gaby, pas sûrs d'avoir compris.

– Et l'autre était encore plus loin que moi dans le déni, a repris Laure. Parce que je suis sûre qu'au fond, elle en avait envie aussi.

Puis, sans transition, sans nous laisser le temps de réagir, elle a lancé la sixième spectro.

Ses parents la poursuivaient pour qu'elle revête son uniforme. Ça devenait violent, choquant, parce que Laure se débattait, et que son père l'immobilisait pendant que sa mère lui enfilait un par un les vêtements réglementaires.

– Dans celle-ci, a commenté Laure, j'étais encore plus jeune. Ce n'est pas que je détestais les uniformes. Au contraire, j'adorais. Mais celui des garçons, pas celui des filles. À la rentrée de CM1, je m'étais promis de résister, de ne pas me laisser faire, mais mes parents l'entendaient autrement, et ils l'entendent toujours autrement.

Gaby et moi, on a avalé nos pommes d'Adam ou d'Ève, laissant Laure poursuivre sans trouver rien à dire.

– Depuis, j'ai su que pour survivre, que ce soit à l'école ou chez moi, je devais devenir la fille que mes parents voulaient et j'ai vite appris à l'être – à tel point que j'ai presque tout oublié. Alors, quand j'ai fait ta connaissance, Gaby, je ne l'ai pas supporté. Je pensais te détester, mais c'était exactement l'inverse.

Rougissant de nouveau, elle a regardé son amie qui rougissait en miroir.

– T'as eu une drôle de façon de montrer ton… affection, a finalement dit Gaby en croisant les bras.

– Je sais pas ce qui m'a pris, a fait Laure en baissant la tête. Je devais vouloir me prouver que je te détestais, te méprisais – mais ça n'a fait que me prouver le contraire.

Moi, je n'en revenais toujours pas. Laure, lesbienne ? Ce n'était pas possible !

– Mais tu… T'es féminine, je lui ai dit. T'aimes pas le foot, ni rien. Encore, Gaby, j'aurais compris, mais…

Elles se sont regardées toutes les deux en soupirant. Essayant de me rattraper, je me suis enfoncé encore davantage :

– C'est pour ça alors que tu m'as… Que tu n'as jamais voulu…

– Coucher avec toi ? a complété Laure, affligée. Non, c'était juste parce que tu ne le méritais pas.

Morte de rire de me voir mort de honte, Gaby a enfoncé le clou :

– Tu sais, Tomaz, je connais plein de filles hétéros qu'ont aucune envie de coucher avec toi !

J'ai accusé le coup sans répliquer. Elles m'énervaient à avoir toujours raison !

Je venais tout de même de comprendre une chose par moi-même : Laure ne m'avait jamais vraiment aimé – et moi non plus… Je le fantasmais, cet amour. On n'aimait peut-être vraiment que la personne qui nous aimait aussi.

Laure, c'était juste que je ne supportais pas qu'elle me résiste, je pensais qu'elle me devait ce qu'elle ne voulait pas me donner, je détestais que son odeur m'échappe comme de l'eau entre mes dix doigts gauches.

Finalement, Gaby, Laure et moi, on s'est promis de ne plus se faire de mal. D'essayer en tout cas.

Et je me suis mis à pleurer, sans savoir pourquoi…

À elles deux, elles m'ont tiré les vers du nez, des vers dont je ne m'étais même pas aperçu qu'ils étaient dans le fruit. Elles m'ont fait accoucher de ma vérité dans la douleur.

Si je pleurais, c'était de joie pour notre réconciliation – et de tristesse pour l'ambiance qui régnait chez moi. Tout ce que j'avais retenu de peur envers mon père et de pitié envers ma mère éclatait à la figure de mes deux amies.

Je leur ai tout raconté, insistant sur les derniers épisodes, que Gaby ne connaissait pas encore.

À la fin, elle a dit :

– Enfin ! Je suis contente que tout soit réglé !

chapitre 32

Je ne voyais pas bien en quoi mes problèmes étaient réglés, mais au lieu de nous expliquer, Gaby nous a emmenés voir ses parents qui préparaient à manger pour la soirée.

De but en blanc, elle leur a résumé mes dernières aventures familiales et sa mère a répondu que si je voulais, il y avait une place de libre à l'internat…

En fait, ils étaient au courant de ma situation depuis un moment et ils en étaient arrivés à cette solution pour arranger un peu les choses.

Je me suis mordu les lèvres pour ne pas me remettre à pleurer.

Ça m'ouvrait des perspectives, mais ça me paraissait improbable, infaisable. Jamais mes parents n'accepteraient, ne serait-ce que pour sauver les apparences.

Selon les Guernon mère et fille, ça ne coûtait rien de leur demander. Je verrais bien ce qu'ils me répondraient.

Continuant sur sa lancée, Gaby a déballé à ses parents tout le reste de nos aventures – même nos virées spectroscopiques ! D'après elle, c'est moi qui l'avais inspirée en parlant à mon père. Moi, une source d'inspiration pour libérer la parole ?!

Guernon a fait sa proviseure, elle a passé un savon à Gaby, et aussi un peu à moi, mais c'était un savon doux au pH neutre : chez elle, elle était plus détendue, moins sourcilleuse, ses cheveux étaient détachés, sa chemise déboutonnée et elle avait troqué ses santiags contre des pantoufles.

Quant à Isha, on le sentait incapable de se fâcher vraiment, quand bien même il essayait. En fait, alors même qu'on en prenait pour notre grade, l'ambiance était meilleure que chez moi. La mère et la fille se volaient dans les plumes, mais les coups de bec n'étaient pas donnés en traître. Toute cette agitation, ça me reposait du faux calme de ma famille. J'étais jaloux.

De leur côté, Sofia et Isha ont aussi été obligés de nous en dire plus sur le spectroscope.

Il y avait une demi-douzaine d'années, l'information avait fuité que le prototype donnait des résultats prometteurs. Isha avait été approché par un puissant labo du complexe militaro-industriel, NeuroPharmer, qui s'était montré très intéressé par son invention. On lui proposait beaucoup d'argent, il allait pouvoir avancer plus vite que dans son labo à financement public du CHU de Saint-Lazare. NeuroPharmer montrait patte blanche. Il n'était pas question de faire de cette machine un instrument de torture, un détecteur de mensonges ou quoi que ce soit du même acabit. L'usage serait uniquement thérapeutique, ne serait-ce que pour aider à soigner les troubles de stress post-traumatique des soldats.

Mais Isha n'y avait cru qu'à moitié. NeuroPharmer participait aussi à la recherche sur les armes chimiques et bactériologiques. Elle ne s'embarrasserait pas de scrupules si l'affaire s'avérait vraiment juteuse. Il a refusé l'offre, la première comme celles qui ont suivi – car ils se montraient insistants, persistants, voire à la fin menaçants. Isha a même remarqué qu'on l'espionnait, qu'on rôdait autour du labo.

Alors, Sofia et lui ont eu l'idée de simuler un cambriolage !

NeuroPharmer croirait qu'une autre boîte les avait devancés, avec des méthodes encore plus douteuses et illégales que les leurs. Ils laisseraient Isha tranquille. Ça voulait dire abandonner la machine, mais c'était la seule chose à faire, selon lui. Les gens n'étaient pas prêts, surtout ceux qui étaient aux commandes. Il fallait mettre le spectroscope en *stand-by* en attendant qu'ils aient un peu plus de plomb dans la cervelle.

Et ça avait marché : avec l'aide de Sofia, Isha s'était volé la machine à lui-même et l'avait cachée dans les sous-sols de Laplace, à la Cave, jusqu'à ce que Gaby mette la main dessus, et fasse n'importe quoi avec, parce qu'à elle aussi il manquait un peu de plomb dans la cervelle, ou dans l'aile – elle s'envolait toujours trop haut, trop loin.

En tout cas, toute la théorie œdipienne de Gaby selon laquelle sa mère avait volé la machine par jalousie « tombait à l'eau de boudin », comme elle l'a avoué elle-même.

Pendant la soirée, Gaby nous a inondés de sky et de chanteurs canadiens – Neil Young, Leonard Cohen, The Weeknd et, bien sûr, Céline ! Avec Laure, elles ont chanté un karaoké sur « S'il suffisait d'aimer ». C'était kitsch, « quétaine », comme ils disaient là-bas, et touchant en même temps, à pleurer de rire et d'émotion – je n'ai pas arrêté de pleurer ce jour-là, comme une vraie « hommelette ».

chapitre 33

Les jours se sont adoucis, éclaircis.

Sur la question de la chambre d'internat, mes parents n'ont pas eu la réaction que je craignais. Quand je leur en ai parlé, la boule au ventre, ma mère avait les larmes aux yeux, mais mon père n'a pas dit non. Peut-être que ça l'arrangeait de ne pas avoir à supporter ma présence désapprobatrice.

J'allais pouvoir emménager après les prochaines vacances, et pour toute l'année suivante, en terminale.

Un dimanche de printemps, j'ai été voir un match du pôle espoirs. Comme je ne m'intéressais pas au foot, c'était la première fois. La plupart du temps, c'était aussi ennuyeux que n'importe quel dimanche à Saint-Lazare. Mais parfois, ça devenait comme une danse avec une histoire en plus, du suspense – est-ce qu'elles allaient gagner ? Parfois, Gaby chorégraphiait un dribble, volait dans les airs pour frapper dans le ballon, marquer un but. Dans ces moments, tout semblait léger, à portée de pied – mais qu'on le touche avec les mains et le rêve nous éclatait à la figure comme une bulle de savon.

Après le match, je me suis retrouvé seul avec Gaby à la Cave. Elle avait envie d'être un peu tranquille avant de rejoindre ses coéquipières, le soir, pour célébrer leur victoire.

Comme je venais de fêter mon anniversaire, elle a ouvert sa hotte-banane de mère Noël et m'a tendu un petit paquet oblong, enveloppé dans une page du journal régional, *Le Grand Ouest*.

– C'est l'édition du 6 juin ! elle m'a précisé, assez fière de son effet (c'était ma date de naissance).

J'ai ouvert avec des frissons dans la colonne, à cause du bruit du papier que je défroissais, et du plaisir de recevoir un cadeau de ma meilleure amie.

C'était une nouvelle sculpture en bois brûlé ! Ça s'appelait *Ceci n'est pas un calumet de la paix* et ça avait l'aspect d'une pipe en bois.

– C'est une allusion à « Ceci n'est pas une pipe » de Magritte, elle m'a précisé.

– J'avais compris. Tu me prends pour qui ?

– Pour un mec.

Je l'ai bien remerciée, j'étais ému et, pour faire passer ma gêne, j'ai vite embrayé sur du second degré :

– C'est la plus belle pipe qu'on m'ait jamais offerte !

J'ai ricané grassement et Gaby m'a imité en riant du nez comme un cochon.

Au milieu de la Cave était répandu tout notre matériel pour notre roman-photo d'animation en bois brûlé – un projet en commun qui nous permettait d'associer nos deux savoir-faire.

C'était une histoire d'amour entre deux pantins roussis qui se donnaient rendez-vous sur une place séparée en deux par un mur. Ils arrivaient chacun d'un côté et se manquaient parce qu'ils faisaient le tour du mur en même temps. Plus tard, l'un des deux rencontrait une autre personne et, après la chute du mur, elles se construisaient une maison avec les décombres – une maison à laquelle le premier pantin solitaire venait frapper trois coups.

Qu'allait-il se passer ensuite ? On en était là de notre histoire, et on ne savait pas comment finir.

On en discutait quand, comme par magie, le mur entre nous est lui aussi tombé, et on s'est retrouvés à s'embrasser.

Puis, Gaby s'est allongée sur le lit-canapé. Elle s'est allongée et elle m'a entraîné dans sa chute.

Tout en nous enveloppant dans le patchwork en échelle de Jacob, on s'est enlevé mutuellement notre première couche de vêtements.

Puis, très excités l'un par l'autre, on a chacun baissé nos slips et pantalons.

J'allais enfin savoir, alors même que maintenant, ça m'était presque égal.

J'ai baissé le regard, mais elle m'a remonté la tête des mains pour que l'on puisse encore s'embrasser, lire dans les yeux l'un de l'autre la suite de notre histoire sans fin, en compagnie des fantômes enjoués de l'avenir.

remerciements

Pour toute son aide comme premier lecteur et second auteur, un grand merci à Olivier Pillé.
Merci aussi à toute l'équipe du Rouergue et à l'ALCA Nouvelle-Aquitaine.
Pour ne m'avoir jamais épargné dans leurs relectures ou nos discussions, pour avoir su se moquer de tous mes tics, en écriture comme dans la vie, toute ma reconnaissance à Lucie Amir, Loïc Artiaga, Flore Bonafé, Thibault Catel, Émeline Chauvet, Hélier Cisterne, Delphine Coma, Fernando Comella, Cathie et Alex Delpeuch, Camille Fabre, Tristan Garcia, Guillaume Gaudin, Agnès Gayraud, Julien Gouarde, Natacha Levet, Chloé et Saïd Ouaked, Nicolas Presl, Katell Quillévéré, Clément Sigalas, Thomas Stuck, Typhaine Trembleau, ainsi qu'à toute ma famille - et même ma belle-famille.
Pour ce qui précède et pour tout le reste, ce roman est dédié à Charlotte et à mes filles Suzanne et Joséphine.

Ouvrage réalisé par
Cédric Cailhol Infographiste.

Reproduit et achevé d'imprimer
par l'Imprimerie Laballery à Clamecy
en août 2022.

Dépôt légal : septembre 2022
N° d'impression : 205069
ISBN : 978-2-8126-2378-3
« Loi n°49-956 du 16 juillet 1949
sur les publications destinées à la jeunesse »

Imprimé en France